CROISIÈRE AVEC UNE FEMME SILENCIEUSE

DANIEL PAROKIA

—

CROISIÈRE AVEC UNE FEMME SILENCIEUSE

ROMAN

BUCHET • CHASTEL

ISBN : 978-2-283-04042-3

« Comme un bœuf bavant au labour
le navire s'enfonce dans l'eau pénible,
la vague palpe durement la proue de fer,
éprouve sa force, s'accroche, puis
déchirée,
s'écarte ;
à l'arrière la blessure blanche et bruissante,
déchiquetée par les hélices,
s'étire multipliée,
et se referme au loin dans le désert houleux
où l'horizon allonge
ses fines, fines lèvres de sphinx. »

Jules SUPERVIELLE,
Débarcadères (1922)

1

Paul Chiesa avait longuement hésité à faire un voyage en Finlande. Pour lui, passer des vacances ailleurs qu'en Italie ou au sud de la France équivalait à ne pas en prendre. Il se rappelait encore le froid intense qu'il avait dû affronter à vingt ans, à Hambourg et à Kiel en Allemagne du Nord puis, plus tard, aux Pays-Bas, dans un camping d'Amstelveen qui sentait déjà l'hiver alors qu'on ne se trouvait encore qu'en plein mois d'août. Le ciel, comme souvent dans ces contrées, était bas et lourd, et la Baltique encore plus froide que la mer du Nord. Il s'était promis de ne jamais revenir en ces lieux et avait tenu parole près d'un quart de siècle.

Mais vu son propre vieillissement, qui le faisait maintenant éviter les chaleurs extrêmes, et ce qu'on appelait désormais le « dérèglement du climat », dont les caprices provoquaient des canicules rapprochées, il s'était dit qu'un peu de fraîcheur en juin-juillet ne lui ferait pas de mal.

Célibataire par négligence, parvenu au mitan d'une vie assez erratique, il constatait avec humour qu'il était peu à peu entré dans cette forêt « impénétrable et drue » dont parle *L'Enfer* de Dante, au point qu'il éprouvait parfois, lui aussi, le sentiment de s'être égaré. Il avait connu différents milieux, pratiqué différents métiers, vécu avec différentes femmes, et se trouvait maintenant, à quarante-cinq ans révolus, exercer une activité d'enseignant-chercheur dont il ne savait plus très bien ni comment ni pourquoi il l'avait choisie. En tout cas, cela ressemblait fort à une impasse dont il ne voyait pas, à vrai dire, comment sortir : c'était encore à l'université qu'il se sentait le moins mal, et il ne savait rien faire de mieux que transmettre ce qu'il avait appris. Mais son existence était grise et la possibilité qu'elle s'égayât d'elle-même semblait a priori fort improbable. Il aurait ressassé le *Traité du désespoir* s'il ne s'était répété à longueur de temps le judicieux conseil de Kleist : « Si vous voulez vous épargner des larmes, n'attendez pas grand-chose de cette terre. Elle ne peut rien donner qui soit capable de rendre *vraiment* heureux un cœur pur. »

Le fait qu'à plus de quarante ans, il fût encore un « cœur pur » se discutait. Mais pas sa volonté de sortir de son marasme et de trouver, fût-ce passagèrement, un semblant de bonheur. Peut-être un voyage dans le Nord aurait-il le mérite de le distraire et de lui changer les idées. C'est ce qu'il s'était dit.

Bien qu'il fût plutôt un homme du Sud, Paul avait toujours apprécié, sinon le Nord, du moins les Nordiques – dans son souvenir des personnes simples et chaleureuses, avec un esprit clair et l'insigne faculté de rendre toutes choses parfaitement transparentes. Il s'était donc renseigné sur les possibilités d'un voyage dans le Nord, s'était rappelé qu'un de ses amis – le philosophe Jaakko Hintikka – l'avait jadis invité à venir le voir, et s'était finalement décidé à sauter le pas, même si, entre-temps, Hintikka était mort. Il ne voulait pas, pourtant, débarquer en Finlande à la manière d'un touriste ordinaire, au terme d'un vol banal Paris-Helsinki. Il souhaitait se pénétrer petit à petit de l'ambiance du Nord, comprendre d'abord ce que ces pays – Suède, Norvège, Finlande – pouvaient avoir de commun, avant d'entrer plus précisément dans l'un d'eux – en l'occurrence la Finlande.

Paul s'était dit également qu'y arriver par bateau, plutôt que par avion, serait peut-être une bonne idée. Aussi s'était-il renseigné sur les croisières qu'on pouvait effectuer dans l'Europe du Nord. MSC, Costa et quelques autres groupes locaux (à capitaux norvégiens, américains et même français) se partageaient le marché.

Le groupe Costa Croisières, positionné de longue date sur le créneau, était bien placé dans la gamme des prix et annonçait, pour environ un millier d'euros, des croisières au départ de Stockholm incluant la Suède, la Finlande, la Russie et l'Estonie. Concernant la Finlande, il vantait la découverte d'Helsinki ainsi que d'une terre « riche en légendes », semée d'innombrables lacs et presque entièrement couverte de bois, avec, d'un bout à l'autre, la présence insistante de la mer. Enclavée entre la Russie, la Norvège et la Suède, la Finlande présentait en effet des côtes escarpées, surplombant les eaux grises de la Baltique. Le retour à un environnement préservé, les retrouvailles avec une faune oubliée allant des ours aux cygnes sauvages en passant par les lynx et même les loups constituaient, selon le voyagiste, les principales attractions de ce pays. Cela valait bien qu'on augmentât légèrement, comme on disait depuis quelque temps, son « empreinte carbone ».

En allant du sud au nord, on quittait en fait la culture pour la nature, ou plutôt, une civilisation pour une autre. On en revenait avec des images d'horizons glacés et d'aurores boréales, le style épuré des grandes villes austères protestantes et l'atmosphère hors du temps de la Laponie des Samis. Il ne restait plus qu'à rejoindre Helsinki pour se perdre au cœur de cette capitale ou rêver à la terrasse du très météorique *Mbar*, face aux multiples îlots de la côte reliés par des ponts. On pouvait alors déguster de la Nouvelle Cuisine gastronomique et, peu après, faire du shopping dans des magasins traditionnels. Au-delà, il restait encore de nombreuses activités et excursions possibles : par exemple, pratiquer le rafting sur le fleuve Kymijoki, visiter l'aquarium, faire le tour d'Helsinki à bicyclette, ou encore, aller voir la tour de Kotka et flâner dans le centre maritime de Vellamo.

Telles étaient les réjouissances annoncées et, bien que Paul sût qu'à l'évidence toute sortie de ce genre allait considérablement alourdir ses frais de voyage – il est notoire que, dans les croisières, les excursions sont de véritables extorsions de fonds –, il avait vite cédé à l'envie de se dépayser et de goûter, fût-ce pour quelques jours et sur un bateau ressemblant davantage à un immeuble flottant qu'à un paquebot digne de ce nom, à la vie rêvée des milliardaires.

Là-dessus, la Covid-19 était arrivée, le confinement s'était imposé et les croisières embarquant plusieurs milliers de passagers sur des navires fourre-tout propres à répandre l'épidémie s'étaient totalement interrompues. Paul s'était alors tourné vers des embarcations de taille plus humaines et des compagnies qui, le contexte aidant, s'étaient mises à faire des offres attractives. Le confinement terminé, il avait finalement jeté son dévolu sur la compagnie Dundee, dont les bateaux ne contenaient généralement que quelques centaines de voyageurs, mais qui, compte tenu de la crise sanitaire, avait été contrainte de casser ses prix.

2

Paul avait donc embarqué, peu avant la mi-juin 2020, sur le *Floréal*, un yacht de luxe qu'il avait choisi plutôt plus petit que la moyenne – ce qui avait fait évidemment regrimper le prix du voyage mais, de ce fait, allait lui garantir une paix royale pendant la traversée.

Il avait renoncé sans regret aux gros navires de trois mille personnes et plus, ainsi qu'aux croisières pour familles nombreuses, avec enfants piaillant sur les toboggans. Selon lui, il n'y avait pas plus inesthétiques que les jeux de plage.

« Puis, rien de plus déprimant, avait-il ajouté, que ces piscines de pont supérieur, envahies de vieux mous et de dures à cuire. »

Le *Floréal*, au contraire, était tout à fait adapté à ses projets : cent quarante membres d'équipage pour cent trente-deux cabines et suites, un spa et seulement deux restaurants. Côté fréquentation, un peu moins d'une centaine de vacanciers à bord – il était loin d'avoir fait le plein, vu les risques encore liés à l'épidémie. On y était donc, pour ainsi dire, presque en famille. La taille du navire était modeste – un peu plus de cent quarante-deux mètres de long pour une largeur d'à peine dix-huit mètres – et il battait, qui plus est, pavillon français. Paul restait, par conséquent, en pays connu.

Dès les premières heures du voyage, il avait exploré son nouveau domaine avec délectation. Sur les énormes navires de croisière, le nombre des ponts, comme on sait, est considérable – il y en a parfois une bonne quinzaine. Mais sur celui-ci, cinq ponts seulement étaient accessibles : sur le dépliant auquel il avait eu accès, on ne parlait pas du pont un, mais il constatait maintenant *de visu* qu'il était réservé à l'équipage. Le pont deux était celui de la Marina et du restaurant gastronomique ; le trois était celui de la réception, du grand salon, de la boutique et du bureau des excursions. Il contenait aussi une bonne trentaine de cabines et l'infirmerie. Au pont numéro quatre on trouvait le théâtre ainsi que de nouvelles chambres. Le cinq comprenait le hammam, la salle de sport, l'espace photo et d'autres cabines encore. Enfin, le six était celui de la piscine, du grill, des salons et terrasses panoramiques, et aussi, naturellement, des suites. Entre autres, la suite « grand luxe » – la plus chère de toutes – et celle de l'armateur. Il avait noté qu'il y avait une bibliothèque.

« Peut-être pourrais-je glisser un nouvel ouvrage au milieu des autres, s'était-il dit pour s'amuser, par exemple un livre d'Hintikka. Cela rehausserait le niveau moyen de cette bibliothèque. »

Le tout allait voguer à la vitesse tranquille de quatorze nœuds en direction du nord-est.

Bien sûr, le *Floréal* n'allait pas directement en Finlande. Au surplus, il ne s'y arrêterait que quelques jours. Mais, justement, cela convenait à Paul, qui n'aimait l'étranger qu'à doses homéopathiques. Partant de Copenhague, capitale du Danemark, le navire ralliait d'abord Tallinn en Estonie, de là gagnait Saint-Pétersbourg puis revenait par Helsinki pour aboutir à Stockholm. Évidemment, il laissait de côté la Norvège. Mais, mis à part ce défaut, ce voyage était tout à fait conforme à ses souhaits. Il allait, avant tout, le réconcilier avec le froid.

Le site internet de la compagnie Dundee vantait quatre jours exceptionnels dans l'ancienne capitale des tsars ainsi que la découverte de Tallinn, important port de la Ligue hanséatique au XIIIe siècle, une ville inscrite au patrimoine de l'Unesco, et qui, autrefois opulente, possédait encore aujourd'hui des remparts remarquablement bien conservés, des bâtiments publics et des maisons de marchands.

La visite de Saint-Pétersbourg, de ses joyaux architecturaux de style baroque, de ses églises aux coupoles si élaborées qu'elles semblent appartenir à un autre monde, de ses nombreux palais, jardins et canaux et de ses fameuses « perspectives » qui quadrillent la ville était l'acmé du voyage. Venait ensuite le port d'escale d'Helsinki, verdoyante capitale de la Finlande située sur une péninsule entourée de plus de trois cents îles qui devait charmer les croisiéristes par son architecture Art nouveau.

De là, on parvenait finalement à Stockholm, terme du voyage et port de débarquement. Une arrivée en Suède tout en douceur où Paul allait retrouver la blondeur du monde et la fin du solstice d'été. Cela, sous le regard paternel des jurés Nobel, académie explosive et qui venait juste de se recomposer. Bref, cette douzaine de jours au coût modéré lui semblait s'annoncer sous les meilleurs auspices. Il avait jeté un œil rapide sur les conseils aux passagers. On annonçait que, pour la Russie, seuls les clients participant aux visites organisées pourraient recevoir un visa de groupe et on avertissait que l'utilisation de drones à bord du *Floréal* était prohibée. Ailleurs, il fallait obtenir des dérogations de la part d'autorités compétentes, faute de quoi on s'exposait à des poursuites.

Il n'avait pas de drone, ça tombait bien. En revanche, il demanda lui-même un visa pour la Russie car, connaissant déjà Saint-Pétersbourg, il ne tenait pas à suivre la foule des passagers n'importe où. Plutôt revoir l'université où avait enseigné Mendeleïev et où lui-même avait prononcé, jadis, une conférence sur le thème « Y a-t-il des nanomondes ? » qui avait intéressé les Russes mais jeté un froid parmi des philosophes français déjà frileux. Il ne raterait pas un tel plaisir. Il avait d'ailleurs téléphoné à l'une de ses collègues pour annoncer son arrivée. Il s'attendait, par conséquent, à un voyage sans surprise, non à la rencontre qui allait bouleverser sa vie.

3

La première fois qu'il l'avait remarquée, elle était accoudée au bastingage et fixait l'horizon. Il la voyait de dos mais on aurait dit qu'elle n'était pas de ce monde. Elle se tenait dans le contre-jour comme si c'était pour l'éternité, dressée sur la pointe des pieds, le corps cambré, une de ses jambes légèrement reculée par rapport à l'autre. Une courte robe blanche à minces rayures bleu marine l'habillait jusqu'à mi-cuisses, tout en laissant une partie de son dos et la totalité de ses épaules nues. Un chapeau de paille orné d'un ruban coiffait ses cheveux châtain, ramenés en arrière en une tresse à moitié défaite qui descendait jusqu'à la ceinture. Il avait longuement admiré la finesse de sa nuque, l'aisance de sa pose et cette décontraction naturelle qui étaient siennes.

Ses pieds, chaussés de sandales ajourées, touchaient à peine le pont dont les lattes de bois clair, régulièrement ajointées, étaient d'une parfaite propreté. À sa droite une bouée de sauvetage d'un rouge vermillon était assujettie à la rambarde du navire. La lumière du soleil couchant enveloppait la scène de tons chauds et en même temps vaporeux qui lui avaient rappelé – en toute innocence –, au moment où elle avait tourné la tête dans sa direction, l'ambiance des photographies de David Hamilton. Il aurait souhaité rester éternellement derrière elle, s'insérer à jamais dans ce moment suspendu. Il ne voulait pas qu'elle lui échappât et allât se perdre parmi la centaine de passagers. Mais il avait été contraint de passer son chemin. Il s'était avancé en direction d'un transatlantique situé non loin de là, dans lequel il s'était laissé glisser. Quel âge pouvait-elle avoir ? Pour être aussi gracieuse et légère, pas plus de vingt à vingt-deux ans sans doute. L'apparition l'avait fasciné et même plongé dans une sorte de stupeur merveilleuse. Ce n'était pas sa beauté qui l'avait frappé – il n'avait aperçu que fugitivement son visage – mais ce qui semblait émaner d'elle – une élégance discrète alliée à une certaine distinction, une aisance qui devait se manifester jusque dans l'ordre intellectuel. Il s'était mis, lui aussi, à regarder fixement la mer, les yeux dans le vague, en ne pensant plus à rien, cédant simplement au plaisir immense et pur que lui avait procuré la vision de cette jeune fille.

« Il faudrait toujours pouvoir être ainsi, jeune, mince et beau, s'était-il dit. Malheureusement, cet état-là ne dure pas très longtemps... »

Il était tellement absorbé dans ses pensées qu'il ne s'aperçut pas tout de suite qu'elle était venue le rejoindre ou, du moins – car il était trop modeste pour imaginer qu'elle ait pu avoir cette intention –, qu'elle s'était, par hasard, installée dans le transatlantique disposé à côté du sien. Il finit tout de même par se rendre compte de sa présence et en fut à la fois intimidé et troublé : dans son esprit, l'éternité n'avait pas de voisinage. Il avait tant de respect pour la beauté, il prenait tant de bonheur à jouir de ce moment de grâce, éprouvait tant de crainte, aussi, que le charme ne se rompît soudain sous quelque coup du sort qu'il en restait presque interdit.

« J'avais l'impression, me raconta-t-il, d'assister à un film muet dans lequel je n'aurais voulu, pour rien au monde, voir s'immiscer la sonorisation du parlant. »

Peut-être la jeune sylphide avait-elle une voix horrible ? Peut-être était-elle stupide ou d'une laideur morale repoussante ? Il avait tellement peur qu'au moindre geste qu'il eût tenté l'image ne se brisât comme un cristal soumis à une fréquence de résonance, qu'il en demeurait pour ainsi dire paralysé.

C'est seulement quand il la vit soudain frissonner, alors que le vent forcissait un peu et que la mer, désormais formée, expédiait sur le pont des nuées d'embruns qui les enveloppaient d'humidité, qu'il lui tendit finalement une couverture, trouvée sur le dossier de son propre siège.

« Vous devriez poser ça sur vous, lui conseilla-t-il calmement. Le temps fraîchit et vous pourriez bien prendre froid, aussi légèrement vêtue. »

4

Il l'avait abordée de façon engageante et s'était adressé à elle en anglais. Mais c'est comme si elle ne l'avait pas entendu. Elle regardait, rêveuse, la couverture et le considérait, en même temps, d'un air énigmatique. Il insista, introduisant un brin d'humour, pour atténuer le sérieux de sa remarque ou le léger reproche qu'elle pouvait contenir :

« *Take this plaid, please ! You'll need it if you don't want to turn into an ice cube...* »

Il était resté très droit sur son siège, n'avait tenté à aucun moment de se pencher vers elle ni cherché à la toucher. Il lui avait tendu la couverture à bout de bras puis, son bras fatiguant, s'était résolu à la déposer sur l'accoudoir de sa chaise longue. Elle avait fini par s'en emparer avec un geste d'assentiment et s'en était entouré les jambes. Elle l'avait gratifié d'un sourire reconnaissant.

« Vous verrez, avait-il dit simplement en se levant. Vous allez en avoir l'usage. Si nous nous retrouvons plus tard, vous serez désormais pour moi la “femme au plaid”, et moi, pour vous, je serai… »

Il avait extrait une carte de sa poche et l'avait délicatement posée sur ses genoux en prononçant son nom.

Il espérait qu'elle-même se présenterait, mais elle n'en fit rien. Il avait d'ailleurs lu de la méfiance dans son regard. Peut-être même une certaine détresse, qui affleurait par moments, et dont il fut touché.

Qu'est-ce qui pouvait bien motiver cette retenue ? Le silence où elle le laissait – et qui lui avait d'abord paru une réserve de bon augure – prenait maintenant des allures étranges.

C'était à la fois un gouffre et un désert, un exil et un lieu de désolation. Il y perçut confusément un mal-être, mais aussi du désarroi : une sorte de sentiment d'abandon. Émergeant d'un brouillard – car Paul ne sut jamais comment cette idée lui était venue –, ce silence le fit penser à celui d'Hiroshima, ou peut-être même d'Auschwitz. Comme s'il était le résultat d'une catastrophe épouvantable qui eût naguère fracassé sa vie.

Il s'aperçut soudain qu'il brodait. Chassant ces divagations, il s'efforça de revenir aux faits. Ce silence signifiait seulement l'indifférence de la jeune femme à son égard. La vérité était qu'elle ne le « calculait » pas, voilà ce qu'un jeune homme d'aujourd'hui, féru ou non d'algorithmique, aurait pu dire. Aussi bien eût-il dû opposer du dédain ou de la colère à cet éloignement, cette froideur, ce désintérêt patent. Il n'en fit rien. Quelque chose le retint. Le refus de communiquer de cette magnifique personne accrut plutôt sa séduction. Elle n'avait pas dit un mot, mais elle était là. Et tout, en elle, lui parlait. Et au-delà de l'énigme qu'elle représentait, c'était un univers entier, singulier et captivant, qui se présentait soudain à lui. Elle se tenait à ses côtés comme un symbole inconnu dont la partie visible pointait en direction d'un autre espace. Non quelque « rivage des Syrtes » que, cédant à la tentation de l'ailleurs, il eût à rejoindre pour s'y installer. Plutôt une mer à explorer, telle celle des marins de la Hanse qui, à leurs risques et périls, avaient repris l'adage du vieux Pompée : *Il est nécessaire de naviguer, il n'est pas nécessaire de vivre*. Comme eux, il désirait s'en remettre à cette immensité marine, d'autant plus enclin à y voguer qu'on ne semblait pas, à l'évidence, lui en faciliter l'accès. Les yeux, bleu-outremer, semblaient l'avoir oublié.

Après un petit moment d'attente, il tourna les talons et partit en lui faisant un signe d'adieu. Dans son esprit, c'était bien suffisant pour une première rencontre. Il n'avait aucune envie de lui faire peur.

5

La deuxième rencontre avait eu lieu le lendemain, un peu avant de parvenir à Tallinn. Le *Floréal* filait ses quatorze nœuds par une mer calme et Paul était allé prendre un repas léger au grill du sixième pont dominant la mer, quand il vit arriver sa jeune beauté entourée d'un homme d'un certain âge et de deux femmes dont l'une, tout de suite, lui rappela quelqu'un, sans qu'il pût, dans l'instant, savoir de qui il s'agissait. Il lui adressa un salut discret, auquel elle répondit non moins discrètement par un léger signe de tête, après quoi il la vit s'agiter au milieu de ses proches avec force gestes.

« On aurait dit une Italienne, m'avait-il déclaré. Les Italiens parlent avec leurs mains – c'est un poncif, mais qui se vérifie. »

D'où il était, il ne pouvait entendre ce qu'elle disait, mais comprit qu'elle devait expliquer qui il était à sa famille, car le père et la mère – du moins, les personnes qu'il pensait être ses parents – se retournèrent et le saluèrent eux aussi très aimablement. Curieusement, elle avait, aussitôt après, écrit quelque chose sur un petit papier qu'elle avait glissé à l'autre femme. À ce moment-là, le visage de celle-ci – qui ne lui était pas inconnu – était resté de marbre et, lui sembla-t-il, s'était même un peu assombri après avoir lu le message de la jeune fille ; puis, quand cette dernière avait tiré de son sac la carte de visite qu'il lui avait laissée en partant et sur laquelle figurait son nom, avait manifesté un certain mécontentement. Elle n'y avait jeté qu'un rapide coup d'œil à vrai dire, mais l'avait alors regardé durement en hochant la tête.

Après quoi, ils commandèrent tous leurs plats et devisèrent entre eux sans plus s'occuper de lui. La femme au visage sombre lui lançait seulement de temps à autre des regards un peu insistants, pour ne pas dire agressifs, au point qu'au bout d'un moment, Paul préféra changer de place. À la fin du repas, il se leva et entreprit de regagner sa cabine, qui se trouvait au pont numéro cinq. N'avoir eu qu'un étage à monter avait été, en plus du beau temps, la raison principale qui lui avait fait choisir de déjeuner ici plutôt qu'au restaurant du bord, qu'il aurait bien l'occasion – s'était-il dit – de découvrir au cours du voyage. La jeune fille et ses proches étaient arrivés tous ensemble, ce qui lui laissa penser qu'ils occupaient des suites, car, dans le cas contraire – l'ascenseur étant assez étroit –, ils auraient dû parvenir au grill les uns après les autres.

Comme il passait à côté d'eux, l'homme du groupe l'avait alors appelé par son nom et, se levant courtoisement, lui avait proposé en français de prendre le café à leur table.

« Si vous êtes en famille, je ne veux pas vous déranger, avait dit Paul.

– Mais vous ne nous dérangez pas du tout, avait répondu son interlocuteur. Et je tenais à vous remercier de vous être occupé d'Alix, elle a l'insouciance de la jeunesse, vous savez, et ne s'habille jamais assez. Merci d'avoir insisté pour qu'elle se couvre, sinon elle serait rentrée toute grelottante, hier soir. »

Il s'était présenté.

« Thibault de Torgues, mon épouse Helga, ma belle-sœur Odile. Vous connaissez déjà notre fille. »

Ils avaient échangé quelques mots. Paul avait enregistré qu'Helga, d'une rondeur somnolente, était d'origine scandinave. Elle parlait d'une voix posée, pratiquement sans accent, et l'avait accueilli avec bienveillance. En revanche, le prénom d'Odile, associé à ce visage en lame de couteau qui le transperçait, lui avait fait l'effet d'une douche froide. Il s'était efforcé de rester impassible, feignant plutôt de s'intéresser au nom de ses hôtes.

« De Torgues, avait-il lâché pensivement. Seriez-vous, par hasard, un descendant de ce compagnon du chevalier Bayard à l'origine du fameux défi de Barletta, pendant les guerres d'Italie, sous Charles VIII ? »

Le bonhomme l'avait regardé, parfaitement éberlué.

« Mais... en effet, avait-il dit. Comment pouvez-vous savoir cela ? Vous êtes historien ?

– Non, pas du tout, s'était-il expliqué. Il se trouve qu'un mien parent a porté ce nom, ce qui m'a lancé jadis dans une recherche généalogique qui a vite tourné court. Mon aïeul, en effet, n'avait rien à voir avec votre famille. Torgues est aussi une petite ville de la vallée du Rhône entre Vienne et L'Isle-d'Abeau. Elle s'appelle ainsi car, à cet endroit, la route fait un coude, un tournant. Du latin *torqueo*, tourner. Mon ancêtre venait de là. Par la suite, il s'est établi à Pavezin, entre Rhône et Gier, et, peut-être pour se faire accepter de la communauté italienne qui s'y était installée, a pris le nom qui est le mien aujourd'hui – un toponyme, en fait – qui veut dire "église". Il y a d'ailleurs une rue nommée ainsi dans ce village, juste en face de la mairie. Autant que je me souvienne, votre famille est plutôt du Poitou, n'est-ce pas ?

– Absolument, avait acquiescé M. de Torgues de plus en plus surpris. À part ma belle-sœur, qui est parisienne, nous sommes tous de Poitiers.

– Eh bien, je suis enchanté de connaître les vrais Torgues.

– Les vrais Torgues... », avait alors laissé tomber Odile en le regardant fixement.

Et soudain, alors que les cafés arrivaient, il s'était souvenu de l'endroit où il l'avait rencontrée et de toute l'histoire qui le liait à elle. C'était à Paris, il y avait bien longtemps, au moment de ses études, à une époque où il fréquentait une jeune personne qui s'appelait Émilie et qui se trouvait être sa fille.

6

« Je ne dirais pas que je n'avais jamais vu de cheval avant de rencontrer Émilie, me confia Paul, j'avais même connu de près, un peu avant, une jeune femme qui montait, mais le fait est qu'à l'époque, je n'avais pas accordé beaucoup d'attention à sa monture. J'avais, du reste, durant toute cette période, une assez bonne descente. Les souvenirs que j'en conserve sont, de ce fait, assez flous. »

Cette fois-ci, cependant, la situation était différente. On aurait cru qu'Émilie était inséparable de son cheval. Si bien qu'on ne pouvait pas, à vrai dire, se rapprocher d'elle sans avoir affaire à lui. En d'autres termes, il s'agissait de prendre les deux ensemble – ou de renoncer.

« C'était ce qu'on appelle en marketing un “package” – commenta-t-il – regroupement, à travers une même offre, de produits ou services complémentaires, à des conditions tarifaires avantageuses. »

Le tarif d'Émilie n'était pas, à vrai dire, très élevé. User du mot « tarif » était d'ailleurs impropre pour une relation, en réalité, purement sentimentale, et donc, en principe, totalement gratuite. Il s'agissait seulement pour lui de la promener en voiture, de l'emmener parfois au restaurant ou au cinéma, le plus souvent de l'accompagner à la SEP (la Société d'équitation de Paris, au centre du bois de Boulogne), avant de terminer tranquillement la journée dans son deux-pièces-cuisine avec vue sur toits, ce qu'elle appréciait malheureusement de moins en moins avec le temps.

Il devait reconnaître, à sa décharge, que leur relation s'était poursuivie pendant des mois sans que rien d'officiel ne vînt la concrétiser. Il n'était pas prêt, à l'époque, à s'engager pour le restant de sa vie avec une femme jockey, condition qui, pour lui, donnait à sa féminité des accents d'amazone, de sagittaire ou de centaure. Cela lui posait trop de problèmes pratiques, éthiques, métaphysiques, j'en passe. En plus, la famille d'Émilie était liée, depuis des générations, à ce qu'on appelle, probablement abusivement, le « monde du cheval ». Un de ses parents était entraîneur, un autre propriétaire de haras en Normandie, un troisième avait gagné des courses de trot, bref, chez elle le cheval était partout. La famille de Paul, en revanche, n'était liée à rien – en tout cas rien de comparable, pas même à des fabriques de motocyclettes ou de locomotives, ces équivalents contemporains des montures et des attelages. C'était une famille d'origine incertaine dont la notoriété, malgré des siècles de présence en France, n'avait jamais franchi les bornes de son village.

« Je sentais que j'étais mal parti, me racontait-il, d'autant que le jour où, pour la première fois, Émilie m'avait présenté à sa mère puis, s'étant éclipsée un moment pour prendre un appel téléphonique, m'avait laissé en tête à tête avec elle, j'avais été très embarrassé pour soutenir la conversation. »

« Vous montez, vous aussi ? » lui avait demandé celle-là tout de suite, comme par acquit de conscience.

Pour elle, la réponse ne faisait aucun doute. Il ne pouvait avoir rencontré sa fille que sur un champ de courses, ou alors, à l'entraînement – dans un centre équestre.

Il avait réfléchi quelque temps et, ne voulant pas la décevoir ni se faire d'emblée rejeter pour une raison qu'il jugeait, à tort, complètement anodine, avait pensé préserver ses chances en lui confiant que, oui, bien sûr, il montait, quoiqu'il fît avant tout du saut d'obstacles.

Il avait choisi cette discipline en pensant qu'elle était suffisamment éloignée de la spécialité d'Émilie – les courses de plat – pour pouvoir abréger, au plus vite, la conversation. Las, la mère d'Émilie avait aussitôt renchéri.

« Des concours de sauts ?

– C'est cela, avait-il répondu avec aplomb, comme à la télévision.

– Je sais ce que sont les concours de sauts », avait-elle alors rétorqué d'une voix dure.

Aussitôt après, elle l'avait interrogé sans relâche : dans quel centre équestre montait-il, qui était son entraîneur, quel était son niveau, avait-il déjà gagné des épreuves, était-il sélectionné pour le championnat de France, ou, qui sait, déjà dans l'équipe ?... Un torrent de questions avait roulé sur lui.

Il avait répondu chaque fois par des bribes de phrase. Maisons-Laffitte, Müller – oui, comme le footballeur, mais ce n'était pas lui, évidemment. Niveau moyen, il essayait de se perfectionner, était pour l'instant dans l'équipe de réserve, et donc, pas de championnat en vue dans l'immédiat.

« Tu connais un Müller, toi, à Maisons ? » avait-elle demandé à Émilie qui revenait.

Émilie avait protesté : sa mère n'avait pas à le questionner comme un prévenu, il n'avait rien fait de mal. En plus il était impressionnable, il avait dû mal prononcer le nom de l'entraîneur, peut-être était-ce Maller ou Mugler, en tout cas un nom alsacien, « tu sais bien qu'il y a beaucoup d'Alsaciens par là-bas », lui avait-elle rappelé.

Sa mère avait eu une moue dubitative.

« Et puis cesse de le harceler, tu vas le faire déguerpir. Ce ne serait pas la première fois, du reste, on dirait que c'est chez toi une tactique.

– Il est normal qu'une mère... », commença alors la mère d'Émilie, mais, fatiguée de guerroyer avec sa fille, elle n'avait pas terminé sa phrase.

« Après tout, si ça se passe bien avec lui », avait-elle conclu.

Puis, comme pour l'intimider une dernière fois, elle avait annoncé d'un ton péremptoire :

« Ça ne vous fait rien si je prends des renseignements sur vous, jeune homme, j'aime bien savoir qui sont les amis de ma fille.

– Non, pas du tout, avait répondu Paul. Faites. »

Et, à l'étonnement d'Émilie, il avait tiré de la poche de sa veste une carte en papier bristol imprimée d'un faux nom et d'une adresse bidon, qu'il lui avait tendue le regard franc et les yeux clairs. Il espérait qu'elle n'irait pas chercher plus loin. Il y avait autour de son supposé patronyme de belles arabesques qui lui paraissaient rassurantes.

Elle avait pris la carte sans un mot, sans même y jeter, à vrai dire, plus qu'un regard, d'ailleurs plutôt amusé. Sur celle-ci était écrit, en caractères gothiques : « Philippe de Torgues, Allée des étangs, 32160 Plaisance ».

7

À quelque temps de là, il était retourné de nouveau chez Émilie et s'était trouvé, une nouvelle fois, en tête à tête avec sa mère, qui, nonobstant les recommandations de sa fille, avait repris son interrogatoire.

« Vous avez commencé de monter à quel âge ? » lui avait-elle demandé, après qu'il l'avait saluée.

Il avait répondu « sept ans », ce qui lui paraissait un âge plausible. Il lui semblait qu'il fallait avoir de la raison pour raisonner un cheval.

« Ah, s'était-elle exclamée à sa stupéfaction, c'était déjà trop tard ! Pourquoi vos parents ne vous ont-ils pas mis en selle dès trois ans, comme tout le monde ? »

Ses parents n'appartenant pas à ce monde-là, ils ne l'avaient évidemment jamais mis en selle, ni à ce moment-là, ni à un autre, quoique son père n'eût cessé de lui répéter, durant toute son enfance, qu'« il avait le pied à l'étrier » et qu'« il n'avait qu'à fournir le reste de l'effort lui-même », ce qui était, dans son esprit, si peu de chose que ça ne lui semblait pas la peine d'en parler. Paul était moins optimiste, surtout quand il considérait la minceur de l'étrier et l'état de la monture : il avait hérité en tout et pour tout d'un vieux Solex à la selle à moitié usée, qui aurait dû finir depuis longtemps à la casse.

La mère d'Émilie l'avait alors étudié de la tête aux pieds et avait conclu que, de toute manière, il avait de trop grandes jambes pour faire un bon cavalier.

« Oh il n'est pas si grand que ça, avait alors rectifié Émilie qui revenait vers eux, sa communication téléphonique achevée.

– Un mètre soixante-treize au garrot », avait-il confirmé en pensant que se comparer à un cheval accentuerait ses chances d'entrer dans cette famille ou, du moins, d'y être admis comme un pair.

La mère d'Émilie avait continué de l'examiner avec perplexité, essayant de combler la distance entre son présumé « garrot » et le sommet de son crâne. Il l'avait vue, au fil du temps, ajouter des centimètres supplémentaires dont chacun, au fond, était une bonne raison de le renvoyer d'où il venait.

« Et quel est votre poids ? » avait-elle poursuivi comme un maquignon.

Il s'était demandé si elle allait aussi lui faire ouvrir la bouche pour compter ses dents.

« Il est un peu trop lourd en ce moment, avait admis Émilie, il faudrait qu'il perde deux ou trois kilos. Mais nous y pourvoyons par nos activités physiques », avait-elle ajouté en riant.

Cette allusion discrète à leur sexualité, qui aurait pu passer totalement inaperçue, avait dû quelque peu ébranler la mère d'Émilie, toujours aux aguets.

Étant de ces femmes qui refusent de vieillir, elle avait subi différents liftings, au demeurant bien faits, qui avaient préservé sa séduction et la faisait désormais apparaître, du moins tant qu'elle portait des vêtements, d'un âge à peine supérieur à celui de sa fille.

Paul ne pensait pas, d'ailleurs, la voir jamais dans un autre appareil, mais « l'enchaînement des circonstances », comme aurait dit Ludwig Tieck, devait démentir cette certitude.

8

Un jour qu'ils parlaient de la technique du saut d'obstacles, et alors que Paul tentait de rester le plus vague possible, n'ayant rien à en dire, il avait quand même été contraint de déclarer sa participation à un concours. On l'avait dernièrement sélectionné pour une réunion en Allemagne, avait-il inventé, où les obstacles, cette fois-ci, allaient être beaucoup plus hauts et plus larges qu'à l'ordinaire. Ses camarades et lui, expliquait-il avec conviction, avaient déjà eu plusieurs séances d'entraînement pour s'habituer à certains d'entre eux : double croisillon, oxer montant, obstacle triple barre, rivière… Il s'était renseigné : il énumérait tout cela avec assurance. Il avait ajouté, pour faire bonne mesure, que la rivière lui causait beaucoup de soucis. C'est alors que la mère d'Émilie lui avait posé une question déconcertante.

« Et comment faites-vous alors, avec vos si grandes jambes, au moment de la sauter ? » lui avait-elle demandé sans malice.

Paul était sur le point de répondre qu'il disposait, fort heureusement, d'un cheval bien mis, avec chanfrein à la verticale et stable aux trois allures, quand il entendit Émilie, qui n'avait pas assisté au début du dialogue, feindre, contre tout bon sens, de situer la question dans un autre contexte. Peut-être s'agissait-il seulement, dans son esprit, de provoquer sa mère ou de lui rappeler jusqu'où allaient leurs relations ? Toujours est-il qu'elle était intervenue en disant :

« Oh, il n'est jamais gêné dans ce genre de circonstances. En ce qui me concerne, d'ailleurs, cela ne me pose pas de problèmes. Je suis souvent dessus. »

Paul avait rougi, mais sa mère également, ce qui avait eu pour effet de les rapprocher. Il n'était sûrement pas un cavalier émérite, mais il avait peut-être un tempérament fougueux, un tempérament de cheval, en somme. C'était sans doute ce qu'elle en avait déduit. Car, quelques jours plus tard, alors qu'il attendait Émilie chez elle – celle-ci était une nouvelle fois en retard et avait fini par téléphoner qu'elle était empêchée –, sa mère s'était lancée dans une grande scène de séduction, alternant réticences et laisser-aller, pour finalement dégrafer son corsage, vous ne trouvez pas qu'il fait une chaleur épouvantable, ici ? Évidemment, Paul, pour lui être agréable, l'avait aidée à se débarrasser du reste. Après quoi, ils avaient évolué vers le canapé.

« Pas un mot de tout ça à Émilie ! » lui avait-elle fait jurer à la fin de son cirque.

Ils avaient terminé par une coupe de champagne et, un peu gênés, avaient trinqué en silence. Ils n'allaient tout de même pas porter un toast à la cavalerie.

L'épisode ne s'était pas répété. Du reste, au bout de quelque temps, Émilie arrivant de plus en plus souvent en retard à leurs rendez-vous, leur relation s'était distendue. D'assez mauvaise humeur, elle avait finalement posé un jour à Paul un lapin bélier qui tirait vers le fauve de Bourgogne. D'un commun accord, ils avaient mis fin à leur idylle. D'ailleurs, les études de Paul s'achevaient elles aussi, il avait trouvé du travail en province et allait bientôt quitter Paris. Il n'avait revu, jusqu'à ce fameux voyage en Finlande, ni la mère ni la fille.

9

Dans les jours qui suivirent, Paul rencontra à plusieurs reprises cette famille de Torgues. Odile avait dû rester discrète sur leurs relations passées, car ni le père ni la mère d'Alix – et moins encore celle-ci – ne songèrent à lui tenir rigueur de sa conduite d'autrefois. Ce qui l'avait tout de même frappé, au moment où ils avaient fait connaissance, c'était qu'Alix, qui ne buvait pas de café, apparemment, s'était éclipsée rapidement après le dessert, sans prononcer un mot. Comme elle était restée silencieuse jusque-là, Paul n'avait même pas pu entendre le son de sa voix.

Lorsque, arrivés à Tallinn, ils avaient fait ensemble la découverte de la ville, Alix n'avait pas participé à l'excursion.

« Elle a préféré rester dans sa suite, lui avait expliqué sa mère, elle prétend qu'elle a le mal de mer. Depuis notre départ, elle semble indisposée en permanence. Nous pensions lui faire plaisir par cette croisière qui renoue avec ses lointains ancêtres. Eh bien, c'est raté ! Elle en a hérité le type nordique, mais peut-être pas le pied marin.

– Ah, les jeunes filles sont très mystérieuses, avait avancé Paul pour tenter d'en apprendre un peu plus. Elle doit avoir un amoureux avec qui elle converse par internet quand vous n'êtes pas là...

– Vous croyez ? lui avait demandé sa mère avec une certaine inquiétude dans la voix.

– Mais oui. Vous n'êtes pas au courant, mais sa meilleure amie le sait sûrement.

– Alors il faudra que j'en parle à ma sœur, lui avait-elle déclaré. C'est elle, sa meilleure amie. »

Paul avait noté cette information, mais elle lui avait paru tout de suite un peu étrange. Comment Alix, qui n'avait visiblement qu'une vingtaine d'années, pouvait-elle prendre pour confidente une personne qui, mon Dieu – les années s'étaient écoulées pour elle comme pour lui –, devait avoir largement la soixantaine ? N'avait-elle vraiment aucune relation avec des jeunes gens de son âge ? Cela lui semblait incompréhensible.

La visite de Tallinn avait commencé par la partie basse de la ville, avec Town Hall Square (la place de l'hôtel de ville) et la montée dans la tour qui n'est possible que durant les mois d'été. Ils avaient continué par une petite marche sur les remparts – du moins, la partie de ces fortifications ouverte au public. Odile avait un peu peiné à monter et descendre les escaliers en colimaçon et, pour cette raison sans doute, la famille avait évité de visiter Kiek in de Kök, le musée de la ville, tout comme les souterrains de Tallinn, autre attraction du lieu. Ils avaient plutôt erré dans les cours et ruelles pittoresques, avant d'attaquer les églises : l'église de Saint-Olaf, du clocher de laquelle on découvre l'ensemble de la ville et, en particulier, la cathédrale orthodoxe de Saint-Alexandre-Nevski, le joyau de la ville haute. Paul aurait bien poursuivi par le musée du vin, mais M. de Torgues tenait à voir celui du

KGB. Aussi prirent-ils un guide qui les accompagna au vingt-troisième étage de l'hôtel *Viru* où ils rejoignirent les membres du *Floréal* qui s'étaient inscrits pour l'excursion. Ils allèrent, pour finir, visiter un ancien sous-marin datant de 1936, entièrement restauré dans le style de ces années-là. Après quoi, tout le monde s'était retrouvé au restaurant *Olde Hansa* où on leur avait apporté, dans une ambiance médiévale éclairée *a giorno* par de fausses bougies, des trios de saucisses ours-sanglier-renne.

Odile n'avait pas touché aux saucisses. Il avait donc fallu s'arrêter, au retour, au *Kompressor*, où l'on servait des crêpes immenses qu'elle avait ingurgitées en un clin d'œil, au bord d'une grande table d'hôte où elle avait parlé un peu anglais avec les gens du lieu.

Pendant ce temps, Paul était revenu vers la promenade de Pirita, qui longe la plage principale de Tallinn. Quelques baigneurs courageux couraient dans les vagues et il avait tout de suite remarqué, un peu à l'écart des autres, une serviette de plage et un sac qui ne semblaient pas estoniens. Il avait alors été stupéfait de voir Alix sortir des flots, cheveux au vent, telle la

Vénus de Botticelli, et revenir vers ses affaires en courant. Elle n'avait pas l'air le moins du monde indisposée. Son maillot de bain brésilien découvrait ses hanches, qui ondulaient sur le sable blond. Ce second tableau était une pure merveille.

Mais, à nouveau, ce qui avait frappé Paul n'était pas tant sa silhouette ou sa beauté que le fait qu'elle eût surgi là comme de nulle part ou d'un océan sous-jacent à tout. Non tant de la mer réelle que d'un monde de possibles, d'une nappe de sens qui se serait condensée ici en une onde suprême, dans la délicate membrane de son corps et dans le subtil scintillement de sa peau. Ce front d'onde déferlant sur sa vie s'accompagnait d'une gerbe de sensations nouvelles, toutes liées à la présence de cette rencontre inattendue.

Il allait s'avancer dans sa direction et – qui sait ? – lui demander où se trouvait la coquille Saint-Jacques, quand, l'apercevant elle-même, elle avait posé un doigt sur sa bouche, lui intimant ainsi de garder le secret. Et par ce seul geste qui n'était toujours pas une parole, cette envoyée du ciel lui avait paru illuminer une nouvelle fois sa croisière. C'était de nouveau comme si le hasard – ou quelque dieu vaguant incognito –, généreusement, lui avait fait signe.

Il avait alors préféré passer rapidement son chemin après que, d'un mouvement de tête et d'un sourire, il lui eût confirmé qu'elle pouvait compter sur lui. Il était revenu, à petits pas, vers la crêperie.

« Prenez tout votre temps, avait-il déclaré à ses parents, nous avons encore deux bonnes heures devant nous. »

10

Le bateau avait bientôt repris la mer et, ce soir-là, un bal avait été organisé après dîner. Le capitaine avait invité Odile qui s'était mise à valser avec lui, tandis que les Torgues, parmi de nombreuses personnes de leur âge, virevoltaient non loin d'elle aux accents d'une composition un peu austère, rappelant davantage la Finlande que la musique des Strauss.

Alix faisait tapisserie dans un coin. Vu l'âge moyen, assez élevé, des croisiéristes, souvent en couples qui plus est, personne n'avait osé l'inviter, elle était trop impressionnante dans sa robe de soirée. Elle avait fini par sortir sur le pont et Paul avait craint de nouveau qu'elle ne prît froid. Aussi l'avait-il suivie à l'extérieur où elle regardait un inoubliable jour polaire. Il devait être onze heures du soir, le bateau laissait derrière lui un important sillage où de multiples routes se recoupaient sans cesse comme autant de mystérieux destins croisés sur lesquels sa silhouette longiligne se profilait, nimbée d'embruns plus clairs. Son visage fin et élégant était éclairé de trois quarts par ce soleil pâle qui restait obstinément au-dessus de l'horizon et Paul avait longuement contemplé son dos presque entièrement nu. Sa longue robe noire, dont la partie inférieure était plissée et ne tenait que par une simple pression, se terminait, tout en haut, par deux minces attaches nouées autour de son cou. Pour la circonstance, elle avait ramené ses cheveux en un chignon un peu lâche d'où s'échappaient quelques mèches. Elle était tout à fait splendide et il aurait aimé la peindre ou, à défaut, la prendre en photo.

Au lieu de ça, il s'était approché d'elle en se raclant la gorge pour ne pas la surprendre. Se retournant tout à coup, elle lui avait alors souri, de cet air énigmatique qu'il avait déjà remarqué lors de leur première rencontre. C'était comme si, silencieusement, elle le testait, en lui posant toujours la même question. Non une question sans réponse mais une question à laquelle on n'avait pas encore répondu : « *An unanswered question* », pensait-il en songeant à la musique de Ives. Elle avait visiblement la chair de poule et il avait aussitôt quitté sa veste de smoking pour lui en entourer délicatement les épaules.

« Je sais bien que vous ne craignez pas le froid, avait-il commenté, mais je pense sincèrement qu'il vaut mieux être prudent sous ces latitudes. »

Odile, sortie un instant pour tirer les dernières bouffées d'une cigarette, l'avait taxé de paternalisme : « Laissez-la donc mener ses propres expériences. Elle est bien assez grande pour savoir ce qu'elle a à faire. »

Heureusement Alix, tout en restant silencieuse, avait, une fois encore, regardé Paul avec reconnaissance.

« Pardonnez-moi, je ne voulais pas troubler votre méditation », avait alors murmuré celui-ci, sans obtenir plus qu'un sourire en réponse.

Odile, à regret, avait jeté sa cigarette dans la mer, sinon elle allait se brûler les doigts. Elle avait fini par rentrer, n'ayant plus de raison de rester sur le pont.

« Si je comprends bien, vous n'aimez pas Sibelius », avait repris Paul à l'adresse d'Alix, pour tenter de maintenir le contact.

Mais celle-ci s'était contentée de hausser les épaules en bredouillant quelque chose qu'il avait mal compris. Peut-être avait-elle dit « oh si ! », mais il n'en aurait pas juré, le bruit de la houle et du moteur du navire ayant couvert sa voix.

« Cette robe vous va à ravir, en tout cas, avait-il encore prononcé d'un ton admiratif en soupirant légèrement. Vous ne voulez vraiment pas danser ? Oui, je sais, avait-il ajouté pour prévenir d'hypothétiques résistances, cette "valse triste", au tout début, est à l'image de ce soleil – un peu glauque –, c'est l'atmosphère fin de siècle, il faut comprendre. Mais écoutez ! On arrive au passage *mezzo forte*, c'est une vraie lumière, soudain, qui pénètre dans la pièce, et on aura le rappel *pianissimo*, peu après. Ça va être plus gai, vous verrez… »

Il s'était enhardi à lui tendre la main et elle avait consenti à le suivre à l'intérieur. Il avait récupéré sa veste et ils avaient eu le temps de faire quelques pas de danse sur la piste avant que la suite *stretto* – cette course inquiétante vers l'abîme où il avait tournoyé avec elle jusqu'au vertige – ne se fût, comme prévu, interrompue de façon abrupte, cédant la place aux dernières mesures, *lento assai*, beaucoup plus sereines.

Il devait longtemps penser à ce moment magique où il avait tenu son corps contre le sien, senti son haleine dans son cou comme elle posait sa tête sur son épaule et, profitant des notes pointées et de l'ultime *legato*, l'avait gardée ainsi serrée contre lui le plus longtemps possible, alors que la musique s'était déjà arrêtée et que les couples se désunissaient. Finalement, ils s'étaient séparés et avaient regagné leurs places.

Odile, il l'avait vu tout de suite, semblait d'humeur massacrante et son regard était plein de réprobation.

« Vous avez eu ce que vous vouliez », lui avait-elle murmuré à l'oreille comme il s'asseyait près d'elle.

Elle eût sans doute continué de le réprimander si M. de Torgues n'était pas intervenu avec bonhomie.

« Vous avez de la chance, lui avait-il confié en lui servant une coupe de champagne. Ce n'est pas tous les jours qu'Alix accepte une danse. À dire vrai, c'est bien la première fois que je la vois s'amuser depuis qu'elle a eu son accident. »

« Je ne voulais pas paraître trop indiscret, surtout en présence de sa fille, m'avait dit Paul, aussi m'étais-je gardé de l'interroger sur ce point – ce dont il me fut, je crois, reconnaissant. »

Il s'était contenté de le féliciter, ainsi que son épouse, d'avoir une fille aussi charmante.

« Vous avez des enfants ? » lui avait alors demandé M. de Torgues comme pour lui rappeler son âge.

Pendant ce temps, Odile, d'un air de conspiratrice, avait entraîné Alix en direction des toilettes. Paul n'osait imaginer les horreurs qu'elle allait débiter sur lui.

11

L'étape suivante était celle de Saint-Pétersbourg, et Paul avait annoncé, à l'avance, au cours d'un repas pris avec les Torgues, qu'il ne comptait pas s'inscrire à l'excursion prévue par la compagnie, non pour des motifs financiers, avait-il expliqué, mais parce qu'il connaissait déjà la ville.

Mme de Torgues avait alors suggéré qu'il leur servît de guide mais, avant même qu'il ait pu commencer de lui répondre – il allait accepter de bon cœur –, Odile déclarait avoir déjà retenu des places pour toute la famille.

M. de Torgues avait à ce moment-là obligeamment demandé à Paul en quelles circonstances il avait connu Saint-Pétersbourg et celui-ci lui avait expliqué qu'il y était venu quelques années auparavant faire une conférence, invité par des logiciens russes qui s'intéressaient à l'intelligence artificielle et aux mondes virtuels. Il avait raconté, à cette occasion, les quelques souvenirs qu'il gardait de cette cité où les hôtels, dépourvus de restaurants, ne sont parfois que d'anciens appartements transformés, surtout dans le centre-ville. Il leur avait conseillé une visite du musée de l'Ermitage ainsi qu'une promenade le long des vieux canaux, sans oublier une tournée des grands palais et, avant tout, une montée au dôme de la cathédrale Saint-Isaac, d'où l'on pouvait apercevoir, comme à Tallinn du clocher de l'église Saint-Olaf, l'ensemble de l'agglomération.

Il leur avait dit également sa surprise d'avoir découvert une ville très occidentalisée, si l'on en exceptait le trajet entre l'aéroport et le centre, où subsistaient encore de nombreuses traces de l'ancien pouvoir soviétique, avec ses architectures sinistres et ses bâtiments impersonnels. Il avait plutôt préféré s'étendre sur les ponts aux gargouilles impressionnantes et sur la perspective Nevski, où déambulait, en soirée, même en semaine, toute une jeunesse endimanchée.

« Je dois passer à l'université saluer une collègue, avait-il conclu, mais, si vous le voulez, nous pourrions nous retrouver en fin d'après-midi pour une promenade sur la Neva. Il faut seulement prendre garde de ne pas rentrer trop tard. Au-delà d'une certaine heure, la ville est coupée en deux car on relève le pont mobile pour laisser entrer les gros bateaux... »

Il avait aussi rappelé qu'on pouvait dîner sur la Neva, des navettes emmenant les touristes à la périphérie de la ville et revenant plus tard les déposer à l'embarcadère, en face du musée de l'Ermitage, sur l'autre rive.

« Sur les quais, avait-il achevé pour parfaire sa présentation, vous trouverez des marchands de caviar et, à condition de bien choisir la marque, vous pourrez en obtenir une assez grande quantité pour un bon prix. »

Odile – ce tic, décidément, la caractérisait – avait fait la moue, mais Alix, au mot « caviar », avait dressé l'oreille. Il avait vu qu'elle écrivait quelque chose sur un carnet qu'elle avait aussitôt fourré dans son sac.

Il avait encore bavardé quelque temps avec M. de Torgues, assurant que les Français, qui ne savaient pas toujours, à l'époque, que Poutine était originaire de cette ville, se méprenaient du tout au tout sur son compte en croyant qu'il était un pur produit de l'administration moscovite. Il avait débuté sa carrière au KGB, certes, mais il avait surtout passé toute sa jeunesse ici et se trouvait être, après Lénine qui avait, lui aussi, fréquenté l'université locale, le plus occidentalisé de tous les dirigeants russes depuis la révolution de 1917. Sa carrière proprement politique avait même commencé là, quand il était devenu l'adjoint du maire de cette ville. S'il cachait ces détails, c'était par pur cynisme.

« Pour pouvoir continuer d'intimider les Occidentaux ? avait demandé M. de Torgues avec un brin de scepticisme.

– Sûrement. D'autant qu'il espère certainement reconquérir un jour le terrain perdu après la chute du mur de Berlin. Vous allez voir les dominos tomber. Il a déjà la Crimée, il voudra le Donbass, russophone, peut-être l'Ukraine tout entière, dont plusieurs dirigeants de l'ex-URSS étaient originaires. Mais cela pourrait se poursuivre au-delà, si l'Occident ne fait rien...

– Vous croyez ? »

12

Odile s'était alors interposée pour dire que cette conversation était beaucoup trop sérieuse pour une croisière. Pour elle, il était préférable de parler de choses insignifiantes, la plupart des sujets alternatifs étant présumés ennuyeux.

« De toute manière, avait alors déclaré Paul pour rassurer tout le monde, il y a des limites objectives au despotisme assumé de M. Poutine. Une atmosphère de liberté a toujours régné sur Saint-Pétersbourg, voyez-vous, et il est impossible d'y échapper. Pour vous en donner un seul exemple, je me rappelle avoir entendu, au début des années 2000, dans un de ces jardins que vous découvrirez, des haut-parleurs diffuser du rock'n'roll. J'y ai vu des jeunes gens danser au son de cette musique-là, pourtant typiquement américaine. En plein cœur de la Russie post-soviétique, cela avait un côté surréaliste ! »

De là, il lui avait été facile de revenir au tourisme. Il leur fallait absolument, assura-t-il, acheter des poupées russes au cours de leur promenade – ces fameuses poupées gigognes qu'on trouvait en abondance dans des marchés de plein air, y compris au pied de la cathédrale.

L'évocation de la cathédrale l'avait alors fait penser à la religion et aux sacrements, notamment à celui du mariage. D'après lui, les Torgues allaient rencontrer sur leur parcours de nombreux cortèges. Les Russes avaient coutume de se marier ici, à la belle saison, et de faire des photos au bord de la Neva.

« Vous verrez, avait-il badiné, les demoiselles d'honneur – généralement court-vêtues – sont parfois plus jolies que la mariée ; et tout ce beau monde finit par s'engouffrer dans de vastes limousines blanches louées pour la circonstance. Il doit y avoir pas mal d'oligarques dans les parages », avait-il ajouté.

Ses remarques – et notamment ce dernier commentaire – n'étaient certainement pas tombées dans l'oreille de sourds. Pourtant, ses interlocuteurs étaient restés évasifs.

« Nous verrons comment Alix se sent demain », avait finalement conclu M. de Torgues, avant de le remercier de ses précieuses informations.

Paul les avait quittés non sans avoir adressé auparavant un sourire à Alix.

Il était depuis quelque temps dans sa cabine et s'apprêtait à se servir un verre de vodka quand il avait entendu gratter à la porte. Il avait mis un peu de temps à réagir, ayant dû quitter, dans l'intervalle, une antique veste d'intérieur qui le vieillissait, il n'aurait pas voulu qu'on le vît la porter. À la place, quoique ce ne fût pas bien mieux, il avait enfilé un gros pull-over de couleur beige, ne trouvant rien d'autre à se mettre dans l'instant. Quand finalement il avait ouvert la porte, il n'y avait plus personne, mais il avait découvert, à moitié glissé dans l'embrasure, un bout de papier au bord dentelé dont il avait aussitôt deviné qu'il devait contenir un message d'Alix, vraisemblablement celui qu'elle avait griffonné à la hâte au cours du repas, pendant qu'il parlait de Saint-Pétersbourg. Elle avait visiblement arraché la page de son carnet.

« Je voudrais acheter du caviar pour l'anniversaire d'Odile. Accepteriez-vous de me faire visiter la ville ? était-il écrit. Si oui, rendez-vous demain à dix heures sur le pont, après le petit déjeuner. »

Il avait eu un moment de panique. Il y avait cinq ponts accessibles sur ce navire et elle n'avait pas précisé lequel. Il avait soupçonné qu'il devait s'agir du pont où l'on servait les petits déjeuners, mais il n'en était pas sûr et avait passé une nuit agitée en pensant à leur future rencontre.

Il s'en voulait d'avoir tardé à ouvrir sa porte et d'avoir manqué une belle occasion de se rapprocher d'elle et de lui parler. Il était un imbécile. Qu'est-ce que cela pouvait bien faire qu'elle le vît dans cette tenue d'intérieur peu seyante ? Si leurs relations devaient se développer – ce qu'il espérait –, elle finirait un jour ou l'autre par le voir tel qu'il était : non habillé en Brummell ou en danseur mondain, mais dans son ordinaire, avec ses traits fatigués, las de cette lassitude des intellectuels vieillissants, qui ont perdu leur fraîcheur au fil des ans et approchent de la date de péremption, s'ils ne l'ont déjà franchie…

En plus, Odile avait dû lui faire la leçon, la prévenir contre lui, lui dire qu'il était un menteur, peut-être lui raconter – même si c'était moins sûr – l'épisode peu glorieux de leurs ébats d'antan. C'étaient les meilleures amies du monde d'après sa mère, elles ne devaient pas avoir de secrets l'une pour l'autre…

13

Il mâchait et remâchait sans arrêt toutes ces pensées, n'arrivant pas à fermer l'œil, au point qu'en désespoir de cause, il avait fini par se lever, s'était sommairement habillé et était sorti de sa cabine pour aller s'aérer sur le pont supérieur. En arrivant, il avait eu la surprise d'y découvrir Odile qui, installée dans un transatlantique, fumait une cigarette.

« Tiens ! s'était-elle exclamée, vous n'arrivez pas à dormir, vous non plus ?

– Je crois que l'excellente cuisine du bord est un peu trop lourde pour moi, avait-il expliqué en riant, surtout le soir.

– Avouez plutôt que vous avez abusé de la vodka de votre mini-bar !

– Je m'en suis effectivement servi un verre, avait-il concédé, mais ce n'est pas cela...

– Alors c'est le remords qui vous hante. Les assassins reviennent toujours sur les lieux du crime.

– Quel remords ? s'était-il étonné. Et quel crime ai-je donc commis, d'après vous ?

– Vous avez la mémoire courte !

– Oh, si vous voulez parler de notre... rencontre d'autrefois, il me semble que vous étiez plus que consentante. En outre, il y a prescription, non ? Mais dites-moi plutôt comment va Émilie...

– Notre rencontre... avait-elle susurré. Ce n'est certainement pas le mot qui convient pour désigner une partie de jambes en l'air. Mais s'il y avait une chose à laquelle je ne consentais pas, à l'époque, c'était bien que vous poursuiviez votre relation avec ma fille. Elle est mariée, aujourd'hui, et Dieu merci, ce n'est pas avec vous ! Je suis même trois fois grand-mère, si vous tenez à le savoir. Alors, je ne regrette pas de m'être sacrifiée...

– Sacrifiée ! »

Heureusement, il faisait un peu sombre et elle ne l'avait pas vu serrer les poings.

Il avait eu du mal à encaisser ses dernières paroles, mais il était quand même parvenu à la féliciter de cette prolifique descendance, ce qui avait eu l'air de lui faire plaisir. Émilie, lui avait-elle raconté, avait épousé un avocat d'affaires – « un beau parti » d'après ce qu'elle disait – et tout semblait depuis aller pour le mieux dans le meilleur des mondes. Sans doute avait-elle dû renoncer à sa carrière de jockey – ce n'était pas compatible avec le rang social de son mari – mais elle montait encore de temps en temps : l'été en Camargue, quand elle venait avec ses enfants en vacances dans la demeure familiale des Saintes-Maries-de-la-Mer, et l'hiver, quand, invitée par des amis du couple, elle avait l'occasion de participer à des chasses à courre. Oui, il en existait encore, apparemment.

« Et vous ? lui avait-elle demandé. Qu'êtes-vous devenu ? »

Il avait confessé qu'il n'avait jamais fréquenté les hippodromes de très près, non plus que les concours de sauts d'obstacles. Il avait surtout derrière lui une carrière d'enseignant-chercheur. Beaucoup d'articles, et aussi quelques livres...

« C'est bien ce que je m'étais dit dès que je vous avais vu, lui avait-elle confié. Vous alliez demeurer obscur. En outre, vous ne pouviez pas vous appeler "de Torgues", vous comprenez maintenant pourquoi. Quelle malchance pour vous, n'est-ce pas, d'avoir choisi ce nom-là ? »

Elle avait beau jeu d'ironiser. Mais il n'arrivait pas à croire que son hostilité eût pu rester intacte pendant tant d'années et qu'elle-même l'eût entretenue au point de nourrir aujourd'hui encore une telle animosité envers lui. Il n'avait pas fréquenté sa fille très longtemps, et après ce moment d'égarement où elle avait, pour ainsi dire, fugitivement pris son relais, ils ne s'étaient pas revus plus de deux ou trois fois. Il se disait qu'il devait y avoir autre chose.

« Laissez-la tranquille, avait-elle fini par lâcher en le regardant fixement.

– Mais… de qui parlez-vous ? Et de quoi ?

– D'Alix, bien sûr. Et de votre attitude envers elle. C'est ça votre crime. Je ne parlais pas du passé.

– Je vous assure…

– Oh, vous êtes très adroit, vous vous contentez pour l'instant de l'entourer de vos soins, mais je vous vois venir... Restez à distance de cette famille. Restez à distance d'elle. Vous ne savez pas où vous mettez les pieds. Vous ne savez rien !

– Je n'ai aucunement l'intention d'importuner qui que ce soit, et surtout pas Alix, avait-il répondu. En outre, elle est bien assez grande pour savoir ce qu'elle a à faire. Vous l'avez dit vous-même, vous avez oublié ? »

Pensant à sa baignade secrète sur la plage de Pirita, il avait ajouté :

« Il me semble d'ailleurs qu'elle témoigne d'une belle indépendance et ne se laisse sûrement pas dicter sa conduite par un cerbère. »

Il avait utilisé ce dernier mot à dessein, pour la vexer, et s'attendait à ce qu'elle réagisse violemment. Or il n'en avait rien été. Elle avait pris, soudain, un ton tout à fait humble.

« S'il vous plaît, avait-elle dit. Laissez tomber. Laissez tomber, je vous en supplie. Sinon, ça pourrait la briser.

– Mais enfin, avait-il protesté, je me suis toujours bien comporté avec Émilie autrefois ; et, concernant nos rapports, si je vous ai menti sur mon nom, ce n'est pas moi qui vous ai fait des avances, comme je vous le rappelais à l'instant. »

Il ne voulait pas se faire menaçant, mais il avait quand même ajouté, tant il était excédé :

« J'ai sûrement une vingtaine d'années de moins que vous et étais à peine majeur à l'époque. Dans le contexte d'aujourd'hui, d'aucuns, à ma place, pourraient porter des accusations contre vous. On dépose désormais des mains courantes pour moins que ça !

– Je sais, avait-elle consenti. J'ai été folle. Mais, pour l'heure, il ne s'agit pas de moi, ni d'Émilie, ni même de vous. Il s'agit d'Alix. »

Vu ce que celle-ci semblait être, il ne se résolvait pas à l'imaginer comme une porcelaine fragile à qui il eût fallu éviter le moindre choc. En outre, l'amour était un jeu. Un jeu sérieux, mais un jeu. Et même si tout jeu pouvait toujours mal tourner – il existe de mauvais joueurs –, il ne fallait pas en faire une guerre, ni même une paix armée. « On ne construit pas de ligne Maginot autour d'une jeune fille », se disait-il. Il ne comprenait pas l'acharnement d'Odile.

« Je ne vois pas ce que j'ai fait jusqu'à présent qui pourrait vous porter à croire... avait-il commencé.

– Oh, soyez sincère au moins une fois ! avait-elle coupé. Je suis sûre qu'elle vous plaît. En outre, vous pouvez être très séduisant quand vous voulez, je le sais... Même maintenant. Surtout maintenant... Et il ne faut pas, non, il ne faut pas... D'ailleurs quand vous saurez... »

À ce moment-là, une pluie fine s'était mise à tomber, qui avait fini par éteindre sa cigarette. Elle s'était levée pour aller, selon son habitude, la jeter par-dessus le bastingage. Puis, oubliant ce qu'elle était en train de dire et lui souhaitant rapidement le bonsoir, elle était partie en direction des suites. Il était rentré pour sa part dans sa cabine – encore un peu sonné.

14

À la fois intrigué et excité par cette conversation, il était resté longtemps sans s'endormir, mais avait fini par s'assoupir au petit matin. Il s'était soudain éveillé en catastrophe. Il était neuf heures passées. Il n'avait plus le temps d'aller déjeuner. Il avait rapidement avalé un thé dans sa cabine, des sachets et une bouilloire électrique permettaient d'en faire à volonté. Il avait pris une douche ultra-rapide et s'était préparé pour la journée. Pendant ce temps-là, la TV diffusait sa rumeur, la rumeur des villes, une rumeur qu'il n'avait plus envie d'entendre. Après avoir vérifié qu'il n'oubliait rien – pull, K-way, appareil photo, plan, quelques roubles –, il avait fini par monter sur le pont numéro six, où le bar extérieur, dominant la piscine, était ouvert.

Alix était là, munie d'un masque. Il y avait aussi Odile, hélas, qui lui avait expliqué que sa nièce avait une extinction de voix et craignait une infection virale. Aucun son, en tout cas, ne semblait pouvoir sortir de son larynx ce matin-là, et il avait eu du mal à discerner un « bonjour ». Il avait pensé qu'elle n'aurait peut-être pas dû se baigner dans les eaux froides de Tallinn.

« Ça ne fait rien, avait-il déclaré, on peut remettre la visite.

– Il vaudrait mieux, avait dit Odile, annuler carrément toute visite. Elle ne sera jamais rétablie avant la fin de la croisière.

– Vous avez de la fièvre ? » avait-il demandé à Alix.

Celle-ci avait fait « non » de la tête.

« Alors soyez rassurée, ce n'est sûrement pas le coronavirus, avait-il enchaîné. Mais je comprends très bien que vous puissiez être fatiguée. Reposez-vous auprès de votre tante, je suis sûr qu'elle va bien s'occuper de vous. »

C'est alors qu'Alix avait explosé en criant « noooooon ! » derrière son masque – un cri rauque presque inhumain qui paraissait tenir du brame plus que de la parole. Paul avait été interloqué, et Odile avait semblé atterrée.

« Voyons, lui avait-elle dit, il faut être raisonnable. Si tu prends vraiment froid, cela va empirer et je ne sais pas ce que vaut le médecin du bord ni s'il a vraiment de quoi te soigner. N'oublie pas que nous ne sommes pas à Paris, ni même à Poitiers... »

Mais Alix, arrachant son masque, s'était soudain levée de table, elle était venue vers Paul, l'avait pris par le bras et invité à la suivre dans l'escalier. Odile n'avait pas osé s'interposer, mais elle les avait regardés partir avec désapprobation.

« Que vais-je dire à tes parents ? » avait-elle lancé à Alix.

Mais celle-ci, sans se retourner, lui avait fait un doigt d'honneur.

Ils avaient quitté le bateau bras dessus, bras dessous et, une fois sur le quai, Paul s'était mis en devoir de lui nouer une écharpe autour du cou.

« Il faut ménager vos cordes vocales, lui avait-il dit. Je ne veux pas vous entendre parler aujourd'hui. En revenant, faites-moi penser à passer dans ma cabine, je crois qu'il me reste un flacon de sirop Euphon. Il m'arrive d'en faire usage, j'ai moi-même la gorge fragile. »

Il avait vu que ses propos étaient bien accueillis. Elle lui avait serré la main très fort et lui avait lancé, une nouvelle fois, un regard plein de gratitude. Puis, parfaitement obéissante, elle avait sorti son portable de son sac – c'était plus simple qu'utiliser un bout de papier et un stylo – et avait rapidement écrit :

« N'ayez aucune crainte. Je me sens parfaitement bien. »

Ils étaient donc allés ensemble visiter Saint-Pétersbourg, et pendant toute la durée de cette visite, Paul s'était efforcé de parler sans cesse et de faire les questions et les réponses, afin de lui éviter d'avoir à prononcer un mot, ce qui semblait visiblement au-dessus de ses possibilités vocales.

Comme ils passaient devant l'université, il lui avait dit qu'il avait rendez-vous, un peu plus tard, avec une de ses collègues, ce qui avait semblé momentanément l'inquiéter, car il l'avait sentie soudain préoccupée et même tendue, pour ne pas dire anxieuse. Mais il l'avait rassurée comme il avait pu, lui confiant que c'était une simple visite de courtoisie. Ayant été invité par celle-ci dans un colloque en Russie, il n'avait pu lui rendre la pareille en France, les crédits manquant pour payer son séjour. Il fallait qu'il se manifestât auprès d'elle à l'occasion de ce voyage, sinon par politesse, du moins pour soigner la réputation de son université.

Voyant qu'il ne mentait pas, elle était redevenue bientôt souriante, d'autant qu'il lui avait acheté, en passant devant un vieux marché de souvenirs, une de ces matriochkas qui font la joie de tous les enfants, qu'ils soient russes ou non. Elle ne jouait plus à la poupée depuis longtemps, évidemment, mais elle pourrait toujours la garder en souvenir. Poupée qui contient des poupées, qui contient des poupées... C'était un symbole de prospérité et de fécondité, autrefois. On les offrait aux époux lors des mariages. C'est ce qu'il lui avait raconté. Elle l'avait remercié, mais s'était soudain appuyée sur le bord d'un muret pour lui écrire un mot assez long.

« Vieillot, tout ça ! avait-il pu lire au bout d'un moment. Aujourd'hui, on a des poupées plus abstraites, non ? Les programmes qu'on insère les uns dans les autres... Vous avez entendu parler des "cerveaux matriochkas" ? Et les "sphères de Dyson" ? Croyez-vous que ces structures emboîtées existent ? »

Il n'en revenait pas qu'elle connaisse des choses aussi pointues que les fonctions récursives ou les hypothétiques structures d'astro-ingénierie. Où les avait-elle apprises ?

« J'écoutais sous les tables », lui avait-elle d'abord répondu de façon malicieuse. Puis, elle avait récrit : « Mais, non ! Internet, tout simplement ! »

Paul se disait que cette fille pleine de replis cachés était une véritable poupée russe à elle toute seule. Elle portait en elle tout un monde et, comme disait l'un de ses auteurs préférés, « ce n'est pas tout le monde qui a un monde ». Bref, à tort ou à raison, il se sentait de plus en plus attiré par elle.

15

Ils avaient acheté du caviar au bord de la Neva et fait un peu de shopping dans le centre-ville. Là, dans des magasins de vêtements, ils avaient essayé diverses tenues typiquement locales, dont des toques de fourrure ancien régime. Elle était vraiment adorable en Russe blanche et il avait eu envie de l'embrasser à tout instant.

Il s'était efforcé, cependant, de se maîtriser et l'avait bientôt entraînée à l'université où ils avaient déambulé quelque temps dans un long couloir – le Couloir des Douze Collèges – dont l'un des murs était couvert d'une vieille bibliothèque vitrée dans laquelle s'entassaient, sur des rayons aussi solides que les chênes sibériens dont on les avait tirés, des centaines de livres reliés. Sa collègue avait fini par arriver et il lui avait présenté Alix.

Les deux femmes s'étaient jaugées du regard. Elles avaient toutes les deux leur type de beauté – slave, pour l'une, nordique, pour l'autre. La conversation s'étant déroulée en anglais, la collègue de Paul ne s'était pas aperçue qu'Alix ne soufflait mot. Après tout, elle pouvait très bien ne pas parler cette langue, ou ne pas en avoir une habitude suffisante pour accepter de s'y exprimer.

Paul avait apporté, en guise de cadeau, une vieille édition du *Traité de chimie* de Lavoisier et avait reçu, en échange, quelques articles de sa collègue qui lui avait annoncé, au bout d'un moment, que le doyen voulait le voir. Il craignait que cette entrevue ne fût d'un profond ennui pour Alix, aussi lui avait-il conseillé d'aller faire un tour dans le parc.

« Il y a, je crois, lui avait-il dit, un petit cimetière dans les jardins de cette faculté, où l'on enterre les célébrités du lieu, vous pourriez peut-être y jeter un œil. »

Mais Alix avait fait un signe de dénégation. Apparemment, elle préférait la compagnie des vivants à celle des morts. Aussi avaient-ils suivi sa collègue dans le dédale des couloirs et des salles, jusqu'à un bureau reculé à la porte duquel celle-ci avait frappé.

« *Voydite !* » avaient-ils entendu à travers la cloison.

Ils avaient aussitôt pénétré dans ce bureau encombré de dossiers où le doyen – un homme âgé, le cheveu un peu fou, et qui faisait penser à Joseph Kessel – les avait accueillis avec un large sourire. Croyant sans doute qu'ils étaient mariés, il avait plongé sur la main tendue d'Alix et lui avait offert ce qui devait être le premier baisemain de son existence. Elle l'avait accepté avec une grâce infinie, comme si elle s'était de tout temps préparée à ce genre de situation, et s'était assise dans le fauteuil qu'on lui avait avancé en croisant ses jambes d'une manière parfaitement naturelle.

La conversation avait roulé sur l'université, les crédits de recherche, la politique éducative de leurs nations respectives, le programme Erasmus et son équivalent russe pour les pays de l'Est... Le doyen avait diplomatiquement évité d'évoquer la crise de l'Ukraine ainsi que les rapports catastrophiques avec l'Europe. Il parlait d'une voix lente, avec un timbre d'outre-tombe et un accent du Caucase qui rendait son anglais difficile à saisir. Heureusement, la collègue de Paul, avec bonté, reformulait ses propos souvent émaillés d'expressions russes dans un anglais mieux maîtrisé, ce qui lui avait permis de suivre à peu près les méandres de son discours, assez labyrinthique il faut dire.

La pièce, envahie de meubles en bois sombre, donnait une impression d'austérité. Derrière le doyen, accrochés au mur, des portraits de Lénine, et même de Staline, accroissaient encore son impression d'avoir régressé dans le temps. Tout cela respirait la mort, et la seule présence vivante – à part celle de sa collègue qui faisait son possible pour leur faire oublier ce contexte – était celle d'Alix, mi-curieuse, mi-impressionnée par cet apparat poussiéreux. Paul se demandait pourquoi le doyen avait tenu à le recevoir quand, juste avant de partir et au moment où ils s'étaient déjà levés, il l'avait pris à part et lui avait demandé s'il ne pourrait pas, le surlendemain, faire une conférence devant ses étudiants.

Paul s'était trouvé embarrassé. Il avait interrogé Alix du regard – qui semblait avoir parfaitement compris la demande du doyen – mais alors qu'il tentait de se dérober à cette requête tout à fait inattendue, invoquant le fait qu'il était en vacances, elle l'avait encouragé d'une pression de main à accepter, comme si cette invitation devait leur donner une nouvelle occasion d'être ensemble.

Il avait donc fini par acquiescer à la demande du doyen, à condition qu'Alix pût éventuellement l'accompagner. Il l'avait déjà présentée à sa collègue comme une de ses plus brillantes étudiantes. Il avait réitéré son mensonge devant le doyen et avait vu que les yeux d'Alix brillaient de plaisir.

« Oui, si vous pouviez venir, ce serait une très bonne idée, avait-il proféré à voix haute en sortant afin d'être entendu de ses hôtes. Cela vous fera connaître quelques étudiants russes avec qui, par la suite, vous pourriez correspondre. »

Sa collègue, qui n'était sûrement pas dupe, avait eu l'air de soutenir cet argument, et ils étaient convenus ensuite de l'heure et du lieu de rendez-vous.

« Pas trop tôt le matin, avait-il précisé. En vacances, tout le monde fait la grasse matinée et le petit déjeuner, sur le bateau, n'est pas servi avant huit heures. »

La conférence avait été fixée à 9 h 30, ce qui était potron-minet pour Paul, et probablement aussi pour Alix, mais celle-ci n'avait pas protesté.

16

Ils étaient revenus sur le navire en fin de journée. Alix semblait enchantée d'avoir faussé compagnie à sa famille pendant tout ce temps, et l'idée de lui échapper encore deux jours plus tard, visiblement la réjouissait.

Ils avaient pris le repas du soir au grill, les Torgues étant convenus, comme Paul, que les plats qu'on servait au restaurant du bord étaient généralement trop abondants pour un dîner. La conversation avec eux languissait. Ils avaient, en fait, assez peu à dire, bien qu'ils eussent déambulé toute la journée dans le musée de l'Ermitage, dont ils avaient admiré les richesses. Et quoiqu'ils eussent circulé dans tout le bâtiment – des antiquités égyptiennes aux impressionnistes et à Van Gogh, en passant par la céramique hispano-mauresque, la sculpture occidentale et la peinture classique et baroque –, ils étaient dans l'incapacité d'en souffler mot, asphyxiés qu'ils semblaient être par cet inhabituel trop-plein de culture.

À la stupéfaction des Torgues – dont Paul ne comprit pas, sur le moment, l'étonnement – Odile avait alors demandé à Alix comment se portait sa gorge et si, malgré cette promenade prématurée et, sans doute, bien imprudente – ses yeux avaient foudroyé Paul – elle ne se sentait pas trop fiévreuse ce soir-là.

Alix avait fait un signe de dénégation et lui avait griffonné en retour, comme à son habitude, quelques mots sur son carnet. Paul avait compris qu'elle avait dû évoquer le remède dont il lui avait parlé, car Odile, d'un ton pincé, avait répondu à son message d'une manière qui ne laissait aucun doute sur son contenu :

« Je ne crois pas qu'un sirop soit bien utile pour toi, avait-elle dit. En outre, il vaudrait mieux que tu ailles te coucher au plus tôt, il n'est pas convenable qu'une jeune fille se promène à la nuit tombée dans les coursives, encore moins si c'est pour entrer dans la chambre d'un inconnu. » Les Torgues qui, jusque-là, étaient restés assez flegmatiques, avaient soudain dressé l'oreille et le père d'Alix avait considéré Paul d'un air soupçonneux. Celui-ci s'était vu dans l'obligation de fournir des explications.

« J'ai parfois, moi aussi, des problèmes de voix, avait-il murmuré un peu enroué. Il se trouve que je ne me déplace pas sans une bouteille de sirop Euphon. J'en ai proposé à Alix, ça ne peut pas lui faire de mal.

– Ça ne peut pas lui faire de mal, en effet, avait déclaré M. de Torgues. Mais je ne crois pas que ça puisse lui faire beaucoup de bien non plus. Puis, il me semble que nous avons nous-mêmes une petite pharmacie d'urgence, n'est-ce pas chérie ? » avait-il déclaré en se tournant vers son épouse.

Alix avait pris un air sombre et regardé Odile avec animosité.

« Oh, si vous craignez qu'elle ne prenne froid, je peux parfaitement vous apporter moi-même ce médicament. La bouteille n'est pas entamée, vous n'aurez pas à redouter qu'elle soit contaminée si c'est aussi ce qui vous préoccupe, avait ajouté Paul dans un sourire.

– Ce ne sera pas nécessaire », avait conclu M. de Torgues d'un ton sans réplique.

Mme de Torgues avait hoché la tête en l'approuvant.

Visiblement, ils surveillaient leur progéniture comme le lait sur le feu. Paul les comprenait, mais sa déception était à la hauteur de celle d'Alix.

« Savez-vous quelles sont les réjouissances prévues ce soir ? » avait-il alors demandé en changeant volontairement de sujet.

L'atmosphère semblait s'être alourdie, au fur et à mesure que le repas avançait et que les Torgues, sans doute maintenant dûment renseignés par Odile, commençaient apparemment à se méfier de lui.

Paul était furieux, pensant que la soirée allait se terminer là et qu'ils allaient se séparer définitivement. Sans doute était-ce le dernier repas qu'ils prenaient ensemble, d'autant que sa question semblait être tombée à plat, personne ne songeant à y répondre. C'est alors que M. de Torgues, s'adressant à Odile, lui avait déclaré :

« Vous devriez emmener Alix sur le pont. On m'a dit que nous entrions dans ce qu'on appelle ici le "cœur des nuits blanches". »

Effectivement, depuis la mi-mai – phénomène typique des régions proches du cercle polaire arctique – le soleil ne se couchait plus et, en ce milieu de juin, la ville s'animait de fêtes et de festivals dont on entendait au lointain les flonflons.

« Nous avions prévu, ma femme et moi, d'aller ce soir au théâtre Mariinsky car je me suis laissé dire qu'on y donnait des représentations d'opéra, de ballet et de musique classique, avait-il repris. Il y a aussi, paraît-il, des spectacles de folklore en plein air. Cela vous dirait-il de nous accompagner ? Nous y aurions volontiers emmené Alix si elle était dans un meilleur état, mais là, compte tenu de l'épidémie, il me semble qu'il vaut mieux être prudent. Qu'en pensez-vous ? »

Paul s'était déclaré tout disposé à les piloter, d'autant, avait-il ajouté, qu'avec l'arrivée du solstice d'été avait lieu le festival des bougies écarlates qui était une des attractions à ne pas manquer. Les fontaines de Peterhof allaient être prochainement inaugurées officiellement et même les musées, durant cette période, prolongeaient leurs heures d'ouverture.

« Pour les musées, nous laisserons peut-être passer un jour ou deux, avait déclaré M. de Torgues, nous en avons assez profité aujourd'hui avec cette visite interminable de l'Ermitage, mais un peu de musique nous changerait les idées. Au fait qu'est-ce que c'est que ces fontaines dont vous parlez ? »

17

Tandis qu'Alix et Odile se levaient de table, Paul avait alors rapidement expliqué à M. de Torgues que Peterhof – ou cour de Pierre – était l'une des plus célèbres résidences royales aux alentours de Saint-Pétersbourg. Elle avait été construite par Pierre Ier pour concurrencer et même surpasser Versailles. L'ensemble, composé de plusieurs parcs et palais, était une véritable ode à l'eau vive. Installée sur la rive sud du golfe de Finlande, elle comptait plusieurs canaux et étangs et, avec ses cent quarante-sept fontaines et cascades en activité, constituait l'un des systèmes les plus impressionnants du monde.

« On atteint cette merveille au terme d'une traversée du golfe en hydroglisseur, avait-il ajouté. Mais il vaut peut-être mieux la voir de jour. »

M. de Torgues en était convenu. Du reste, il n'avait posé la question que par pure politesse. Paul avait senti qu'il voulait surtout lui parler en tête à tête et avait sciemment cherché à éloigner Odile et Alix. Il était donc décidé à l'écouter et à en apprendre un peu plus au sujet de sa fille – il s'agissait certainement d'elle et de son état de santé – quand cette dernière, au lieu de suivre Odile, s'était ravisée et avait décidé de rester auprès d'eux.

« Tu ne viens pas ? » avait demandé Odile avec insistance.

Mais Alix lui avait fait un signe de dénégation et celle-ci, à son regret, avait dû s'éloigner de leur petit cercle, aucun motif plausible ne la retenant désormais à table. Son beau-frère, à demi-mot, l'en avait courtoisement chassée.

Paul s'attendait donc à ce que la conversation prît un tour plus intime, mais – était-ce la présence d'Alix ? – M. de Torgues semblait maintenant temporiser, tout comme son épouse qui, nez plongé dans son dessert, s'était mise en devoir de purger son assiette de tout relief de crème fouettée.

« Vous êtes satisfait des contacts que vous avez eus aujourd'hui à l'université ? » avait demandé M. de Torgues. Paul avait expliqué qu'accompagné d'Alix, il avait pu voir, en effet, sa collègue, ainsi que le doyen de la faculté qui lui avait demandé de distraire quelques heures de ses vacances pour faire une conférence le surlendemain.

« À ce propos, avait-il glissé, Alix m'a dit qu'elle souhaitait y assister.

– Elle vous a dit ça ? s'était étonné M. de Torgues avec un sourire douloureux et presque un peu sarcastique.

– Oui, enfin, j'ai cru comprendre que ça l'amuserait.

– Et sur quoi va porter votre conférence, s'il vous plaît ? l'avait alors interrogé M. de Torgues, visiblement surpris.

– Ma foi, avait expliqué Paul, tout cela est un peu précipité. Je n'ai pas encore choisi un titre. Mais, j'y ai songé un peu en rentrant, je pense que je vais développer quelques considérations sur la mathématisation de la chimie depuis l'époque de Mendeleïev. Il enseignait ici », avait-il rappelé.

Mme de Torgues ouvrait des yeux comme des soucoupes, aussi son mari avait-il cru bon de préciser :

« Tu sais, ma chère, c'est ce scientifique qui est à l'origine du tableau des éléments qu'on trouve dans toutes les salles de chimie du globe – c'est bien cela, n'est-ce pas ? » avait-il vérifié au passage en consultant Paul rapidement.

Il se souvenait lui-même d'avoir vu cette classification punaisée sur un mur de son lycée.

« Et maintenant tu t'intéresses à la chimie ? » avait alors demandé Mme de Torgues à Alix, d'un air ensommeillé.

Elle avait haussé les sourcils d'étonnement pendant que son mari lui fournissait des explications, et paraissait maintenant manifester les plus grands doutes concernant l'intérêt d'un tel sujet.

« Bon, avait conclu M. de Torgues. Après tout, pour une fois qu'Alix s'intéresse à quelque chose... ou à quelqu'un..., avait-il ajouté au bout de quelques instants sans que Paul sût si c'était de lui ou du chimiste russe qu'il s'agissait.

Elle aura lieu quand, cette conférence ? avait-il achevé d'un air fataliste.

– Oh, en matinée, avait répondu Paul. Rassurez-vous, il n'est pas question que je fasse courir à Alix le moindre risque en la ramenant trop tard. »

M. de Torgues avait enregistré cette promesse puis, s'étant levé de table, ce qui avait donné le signal du départ, l'avait salué et avait entraîné tout son petit monde à sa suite, y compris Odile qui revenait du salon panoramique en déclarant que le soleil, ce soir-là, était vraiment superbe, superbe. « Tu aurais dû voir ça ! » disait-elle à Alix qui, visiblement, n'en avait cure.

18

Paul avait eu le sentiment que la présence d'Alix avait empêché son père de lui parler. Aussi était-il resté encore quelques instants sur le pont avant de rentrer dans sa cabine. Bien lui en avait pris. Il avait sorti une Peter Stuyvesant de son paquet et était en train de l'allumer quand il avait vu revenir M. de Torgues qui, l'évitant dans un premier temps, s'était dirigé vers la table où ils étaient préalablement assis et où il avait fait mine, quelques instants, de chercher quelque chose qu'évidemment, il ne trouva pas.

« Je croyais avoir oublié mes lunettes, lui avait-il déclaré à son retour, mais elles doivent être dans le sac de ma femme. Elle récupère heureusement tout ce que je laisse traîner. »

Paul lui avait offert une de ses cigarettes, mais l'autre lui avait assuré qu'il ne fumait plus.

« Quand on a charge d'âme, lui avait-il confié, il faut être raisonnable. Nous essayons, ma femme et moi, voyez-vous, de nous ménager, afin de nous maintenir en vie le plus longtemps possible. Alix aura besoin de nous... »

Paul avait objecté qu'elle n'était plus tout à fait une enfant tout de même, « elle me paraît bien avoir une vingtaine d'années », avait-il risqué – « vingt-deux ans » l'avait coupé M. de Torgues en louchant sur son fume-cigarette. « C'est un âge, avait continué Paul, où, certes, on est encore en train d'achever ses études, mais, avait-il avancé en pensant à elle, où l'on aspire aussi à gagner son indépendance. »

M. de Torgues l'avait considéré quelque temps en silence puis, donnant l'impression de se jeter à l'eau tout habillé, avait commencé de lui parler en ces termes :

« Vous avez sans doute raison, lui avait-il dit, et, s'il s'agissait d'une autre personne que de ma fille, je serais entièrement d'accord avec vous. »

Paul avait répondu, pour ne pas être en reste, qu'il comprenait parfaitement qu'il veillât sur elle de près, et tout en se gardant de lui révéler l'intérêt réel qu'il portait à Alix, avait ajouté qu'en effet, vu son extrême jeunesse, il était tout à fait naturel que ses parents voulussent lui éviter, autant que possible, les malheurs de la vie. Adolescent, il avait pourtant souvent critiqué ce genre d'attitude mais, pour une fois, il s'était efforcé de raisonner en père de famille.

« Il est normal, avait-il développé, que l'on souhaite préserver ses enfants des risques que le monde – surtout tel qu'il est aujourd'hui – leur fait courir. En même temps, on ne peut pas, n'est-ce pas, les empêcher de vivre leur vie. Puis, avait-il conclu un peu plus hardiment en pensant que l'autre tombait dans le travers de tous les pères – garder sa fille auprès de soi –, il faut bien qu'un jour ou l'autre ils prennent leur envol. »

Du reste, les expériences, même lorsqu'elles étaient parfois négatives, finissaient par aguerrir – en tout cas les tempéraments vigoureux. « Ce qui ne fait pas mourir rend plus fort » s'était-il entendu énoncer sans rire à la fin de son petit speech. L'autre avait sûrement eu vent de la formule : des imbéciles faisaient une généralité de cette phrase que Nietzsche, dans *Le Crépuscule des idoles*, n'appliquait qu'à lui-même : « *Was* mich *nicht umbringt, macht* mich *stärker.* » Mais tout le monde n'était pas Nietzsche, avertissait Paul. L'adversité pouvait affaiblir, voir abîmer, au lieu de fortifier. C'était Emerson qui pensait que tout mal auquel nous ne succombions pas était nécessairement un bienfait pour nous. Le philosophe allemand, lui, n'avait pas cette candeur.

M. de Torgues l'avait écouté sans l'interrompre, et considéré de nouveau quelque temps sans rien dire. Mais Paul s'était aperçu, vu ce qu'il lui avait répondu, qu'il l'avait parfaitement suivi, y compris dans les reproches implicites que ses propos pouvaient contenir et qui l'accusaient, en termes polis, de vouloir mettre le grappin sur son rejeton.

« Oh, je ne songe pas à la garder prisonnière, avait déclaré le père d'Alix. Simplement à lui éviter de mauvaises rencontres. Or, voyez-vous, malgré toute l'attention que nous lui portons, sa mère et moi, la chose est déjà arrivée, et si elle est maintenant… »

À ce moment-là, ils avaient entendu une sirène s'élever dans la nuit et l'un des marins de l'équipage s'était avancé vers eux en les priant de bien vouloir gagner la Marina s'il vous plaît, il s'agit d'un exercice. Bien entendu, messieurs-dames, c'est dans le cas, fort improbable – mais qu'il nous faut néanmoins envisager – où, par malheur, nous devrions abandonner le navire.

En d'autres termes, il s'agissait de simuler la conduite à tenir en cas de naufrage.

19

Un responsable de la sécurité leur avait alors distribué des masques et des gilets de sauvetage qu'il les avait priés d'enfiler en hâte, sans toutefois, pour ces derniers, tirer sur la ficelle qui déclenchait le gonflage.

Ils avaient dû le suivre et la conversation, nécessairement, s'était interrompue. Paul avait bientôt perdu de vue M. de Torgues, dans des escaliers qu'ils avaient dû dévaler à toute allure et où se pressaient sans frein nombre de passagers affublés de la même tenue.

Vingt minutes plus tard, ils étaient rendus à leurs occupations, mais chacun avait regagné sa cabine assez vite et Paul n'avait pu en apprendre davantage ce soir-là. Il se faisait tard désormais et il n'était plus question de sortir en ville.

Les propos de M. de Torgues l'avaient un peu intrigué. De quoi avait-il voulu l'entretenir ? Paul s'imaginait qu'Alix, avec sa beauté fulgurante, mais aussi la naïveté charmante qui la caractérisait, avait pu être victime de quelque individu malveillant : voleur de grand chemin, coureur de dot, "*bad boy*" ou voyou..., la liste n'était probablement pas exhaustive.

« Je n'irais pas jusqu'à dire que les femmes – je parle des hétérosexuelles, naturellement, m'avait confié Paul en riant – ont un faible pour ce genre de personnage, c'est sûrement un stéréotype qui, statistiquement, ne se vérifie pas. Néanmoins, certaines femmes préfèrent une relation difficile à une relation ennuyeuse – et on peut les comprendre. »

En même temps, Paul se disait qu'il devait paraître à cette famille plutôt rassurant. Il était professeur d'université. Sans être riche – cette catégorie de la société l'est rarement – il jouissait, puisqu'il était là, d'une certaine aisance financière. Encore célibataire – il avait fini par l'avouer –, ce n'était pas un mauvais parti. Par ailleurs, il n'était pas absolument un inconnu puisqu'il avait fréquenté autrefois une personne de la famille. Et, même si Odile, après avoir révélé l'existence de ses relations passées avec Émilie, s'était livrée à quelques confidences, elle n'avait sûrement pas tout dit et, pour la même raison qui l'avait obligée à se taire, n'avait pu le noircir au point de le déconsidérer aux yeux de sa sœur et de son beau-frère. Il constatait d'ailleurs qu'il dînait toujours à leur table et qu'ils ne s'étaient pas autrement inquiétés, ni les uns, ni les autres, de la journée qu'il avait passée à Saint-Pétersbourg avec Alix. Visiter une ville ou rencontrer des universitaires étaient d'ailleurs des activités parfaitement innocentes, il fallait le reconnaître. Qu'est-ce qui motivait donc les... préventions dont il était l'objet ? Quelle était la cause de cette extrême prudence dont M. de Torgues allait peut-être, du reste, lui confier les raisons, au moment où cet exercice malencontreux avait mis fin à leur échange ?

Paul s'était couché en se promettant de tirer au clair toute cette affaire. Il lui fallait cependant dormir car, le lendemain matin, il comptait se lever tôt pour écrire sa conférence et réunir les quelques diapositives qui lui permettraient de la rendre un peu plus vivante :

il avait heureusement, dans la mémoire de son ordinateur, un certain nombre de documents qu'il suffisait d'agencer ensemble. Cela lui laisserait suffisamment de temps pour se consacrer ensuite entièrement à Alix.

Hélas, il ne la vit pas de la journée. Apparemment, toute la famille avait dû suivre ses conseils, c'est-à-dire, comme il l'apprit en cours de soirée, arpenter Saint-Pétersbourg dans tous les sens, circuler sur les canaux, descendre la Neva et aller voir les fameuses fontaines de Peterhof. Ils en étaient d'ailleurs revenus enchantés et l'avaient remercié de ses judicieuses informations.

20

Ils avaient pique-niqué dans le parc au pied de la grande cascade, visité le palais baroque construit par l'architecte italien Bartolomeo Rastrelli, admiré la fontaine-soleil qui tenait lieu, jadis, d'habitat aux esturgeons qu'on servait ensuite à la table royale, puis découvert la pyramide d'eau, ainsi que la fontaine-parapluie qui éclaboussait les visiteurs pour leur plus grand plaisir. Peu avant, M. de Torgues, qui jouait aux échecs en amateur, avait été ébloui par des rapides courant sur quatre plateaux de ce jeu gardés par dix sculptures de marbre et trois dragons projetant de l'eau par leurs gueules.

« Les Allemands, avait-il expliqué à Paul, avaient volé, pendant la Seconde Guerre mondiale, ces dragons inspirés par la résidence royale de Marly. Mais les Soviétiques – c'était sans doute le seul mérite qu'il leur reconnaissait – avaient eu le temps d'enterrer les autres sculptures pour les protéger, de sorte qu'elles avaient pu, finalement, être remises en place à la fin de la guerre. Les dragons, cependant, avaient dû être reconstitués d'après des dessins du XVIIIe siècle : on ne les avait pas retrouvés.

Alix ayant pris un coup de soleil sur le nez, le bas de son visage était désormais protégé par un masque en permanence – « elle a la peau très claire », affirmait M. de Torgues. Et Paul s'était dit, soudain, que c'était sans doute la raison pour laquelle elle mettait toujours un rouge à lèvres discret, qui relevait son teint sans l'altérer. Mme de Torgues, obligeamment, lui avait demandé s'il avait eu le temps nécessaire pour préparer sa conférence. Sur un sujet aussi ardu, il avait fallu, sans doute, qu'il restât toute la journée enfermé...

« Enfin cela vous plaît, je suppose, de passer votre vie dans un bureau, lui avait-elle lancé, compatissante. Personnellement, je ne le supporterais pas. »

Paul avait assuré que sa conférence était déjà quasiment prête avant même qu'on lui eût demandé de la faire – « j'avais prévu des munitions, avait-il affirmé, au cas où cette éventualité se produirait » – et il avait donc eu le temps d'aller prendre un verre à Saint-Pétersbourg. Il vit, à son air, qu'Alix se demandait si ce n'était pas avec sa collègue, aussi précisa-t-il peu après qu'il était seul. Son visage s'était éclairé.

Alors qu'ils achevaient de dîner et badinaient autour de leur promenade – que M. de Torgues fût un joueur d'échecs semblait concerner Paul beaucoup plus que l'intéressé –, on avait annoncé soudain qu'un karaoké avait été organisé et que les passagers étaient priés de bien vouloir y participer. Deux membres de l'équipage – un homme et une femme chargés de l'animation – venaient d'ailleurs d'entamer un duo destiné à amorcer la séance.

« On commence par des duos, avaient-ils proposé, ce sera moins impressionnant pour chacun », et des couples qui devaient avoir vingt ans dans les années 1970 s'étaient avancés sur la scène improvisée au milieu du restaurant d'où l'on avait préalablement retiré les tables. L'assistance avait alors eu droit à des versions déprisées de bluettes de Johnny et Sylvie, Stone et Charden, etc., tandis que des fans de Gregory Ken et de Valli Kligerman avaient interprété – d'ailleurs plutôt bien – l'unique succès du groupe Chagrin d'Amour. Après quoi deux lesbiennes qui se ressemblaient comme des gouttes d'eau s'étaient mises à chanter un refrain des sœurs Kessler. Elles avaient été tellement applaudies que l'une d'entre elles était restée sur scène et avait entrepris de poursuivre par la chanson *Voyage, voyage*, qui avait déclenché de nouveau la liesse des passagers.

L'équipe d'animation avait alors déclaré que, désormais, chacun pouvait venir, seul ou accompagné, pousser la chansonnette, et toute sorte de gens plus ou moins bien dans leur peau – des gros, des maigres, des beaux, des laids, des sans-voix – avaient défilé au micro pour des performances d'un niveau médiocre dans l'ensemble.

Alors que Paul allait quitter cette réunion ringarde, à laquelle il ne s'était joint momentanément que pour être auprès d'Alix, il avait dû répondre aux questions d'Odile.

« Qu'est-ce vous chanteriez, vous, si vous deviez y aller ? lui avait-elle demandé d'une manière inattendue.

– Ma foi, avait répondu Paul, je ne sais pas. Du Gainsbourg, peut-être.

– Pourquoi n'iriez-vous pas ? » lui avait-elle jeté en manière de défi.

Elle tenait sans doute à le discréditer aux yeux d'Alix et du reste de la famille.

« Oh, je ne veux pas me ridiculiser, avait-il répondu.

– Mais si, allez-y, l'avait encouragé Mme de Torgues. Nous serions très heureux de vous entendre. »

21

Paul avait réfléchi quelques instants. Il fuyait, habituellement, ce genre de manifestation, mais il s'était dit que cela pouvait être, en l'occurrence, une occasion de se rapprocher un peu plus d'Alix. Il avait été privé d'elle tout le jour. Il pensait encore à la soirée où ils avaient dansé ensemble et où il l'avait tenue serrée contre lui. Il lui semblait qu'elle avait, ce soir-là, les yeux pétillants. Il voulait les lui faire retrouver.

« Est-ce que vous avez récupéré votre voix ? lui avait-il demandé d'une manière sans doute un peu trop brutale.

– Ce n'est pas encore ça, avait déclaré Odile avant qu'Alix ait pu dire un mot, mais ça va quand même un peu mieux. »

C'est alors qu'il avait commis sa plus grave erreur.

« Je veux bien aller chanter si vous m'accompagnez », avait-il proposé à Alix.

Il avait vu que sa bouche se tordait. Elle semblait avoir fait « oh », mais aucun son n'était sorti. Puis elle avait fondu en larmes.

« Ah pardon, s'était-il rétracté, c'est très prématuré, sûrement, il faut continuer de soigner votre gorge. Je suis tout à fait désolé de vous avoir mis dans l'embarras.

– Que ça ne vous empêche pas d'aller vous amuser si vous le souhaitez, était rapidement intervenu M. de Torgues pour limiter la portée de l'incident.

– Est-ce que cela vous dirait de venir avec moi ? avait alors demandé Paul à sa femme et à sa belle-sœur, pour essayer de se rattraper.

– Certainement pas ! avait répondu Mme de Torgues d'un air hautain. Mais allez-y, allez-y, nous sommes tous impatients de vous entendre. »

Alix avait ravalé ses larmes et semblait maintenant l'encourager, elle aussi, du regard. À vrai dire, il ne savait vraiment pas quoi faire, mais avait presque été poussé hors de sa chaise par cette diablesse d'Odile.

« Mais oui, mais oui, allez-y, avait dit celle-ci. Nous, ce n'est plus de notre âge. »

Arrivé près du podium, Paul avait demandé inconsidérément *Élisa*. C'était la seule chanson de Gainsbourg qu'il connaissait à peu près par cœur, ce qui lui permettrait, pensait-il, de se détacher des lignes qui allaient défiler sur l'écran et de chanter, par conséquent, d'une manière un peu plus naturelle que ses prédécesseurs. Il avait alors entamé, d'une voix sourde, imitant Gainsbourg :

Élisa, Élisa,
Élisa, saute-moi au cou
Élisa, Élisa,
Élisa, cherche-moi des poux,
Enfonce bien tes ongles,
Et tes doigts délicats
Dans la jungle
De mes cheveux
Lisa,
Élisa, Élisa...

Au fur et à mesure que les paroles s'égrenaient, Paul s'était rendu compte de ce qu'il était en train de faire, mais – quand le vin est tiré, il faut le boire – il s'était trouvé obligé de continuer tant bien que mal, car les mots défilaient sur l'écran sans interruption et la musique entraînante faisait que, maintenant, les gens battaient des mains. Il était arrivé, presque sans s'en apercevoir, à ce passage :

… Fais-moi quelques anglaises
Et la raie au milieu
On a treize
Quatorze ans à nous deux
Élisa…

À l'amorce du dernier couplet, sa voix avait un peu baissé d'intensité, soit que, n'ayant pas l'habitude de chanter, il l'eût laissée faiblir au fil des minutes, soit que, soudain honteux de ce qu'il était en train de chanter, il eût voulu tout à coup mettre une sourdine. Mais il ne pouvait faire autre chose qu'aller au bout de la chanson, et la famille de Torgues avait sans doute entendu :

Élisa, Élisa,
Élisa, les autres on s'en fout

Élisa, Élisa,
Élisa rien que toi, moi, nous
Tes vingt ans, mes quarante
Si tu crois que cela
Me tour-men-te,
Ah non, vraiment, Lisa…

Il avait récolté un tonnerre d'applaudissements, et pas seulement de la part des hommes : beaucoup de femmes de l'assistance se souvenaient parfaitement de leur jeunesse – de leurs désirs aussi, comme de leur ancien pouvoir. Mais, heureusement ou malheureusement, les Torgues avaient battu en retraite avant l'issue finale. Quand Paul était revenu à la table, ils avaient disparu. Il avait cherché en vain un mot d'Alix sous sa serviette.

22

Il s'était tout de suite rendu compte de l'énormité de sa bévue. C'était stupide de s'être ainsi dévoilé, même s'il indiquait par là à Alix qu'il était accessible et même ouvert à tout. La chanson – quoiqu'il l'eût choisie un peu par hasard ou, en tout cas, sous les seules contraintes de sa mémoire –, en disait long : cela n'avait pu échapper aux Torgues. Leur départ impromptu lui signifiait clairement qu'ils avaient dû être choqués et, nécessairement, lui en voulaient.

Bien qu'il se fût agi, au fond, d'une tempête dans un verre d'eau – l'événement, à la limite, le portait à rire –, il s'était dit qu'il lui fallait faire amende honorable. Et la première personne à qui il devait présenter des excuses était Alix, que son invitation à chanter avait pu blesser. Le lendemain matin, après une nuit, malgré tout, assez paisible, il s'était donc dirigé vers le troisième pont et avait demandé à la réception, après avoir obtenu le numéro de la suite d'Alix, s'il était possible d'y faire livrer des fleurs. On lui avait répondu que, malheureusement, il n'y avait pas de fleuriste à bord – on ne pouvait pas avoir de tout, n'est-ce pas, sur un bateau de cent quarante mètres de long. Comme il opposait à l'hôtesse d'accueil que le *Floréal* – nom prédestiné – était pourtant fleuri en permanence, preuve qu'on devait périodiquement remplacer par des nouvelles les fleurs exposées à la lumière artificielle et qui se fanaient rapidement, elle lui avait appris que c'était là le travail d'un des marins, mais que la flore qu'il entretenait dans l'espace alloué à cet effet était réservée aux parties communes.

« Mais je peux, si vous voulez, lui avait-elle proposé, commander pour vous un bouquet de roses chez un fleuriste de Saint-Pétersbourg. »

Cela ne la gênait nullement. De telles demandes étaient fréquentes. Elle résolvait toujours le problème de cette manière.

Il avait donc accepté sa proposition et, malgré le prix assez élevé qu'elle lui avait annoncé, avait décidé d'acheter les yeux fermés les roses en question, qu'il l'avait instamment priée de bien vouloir faire remettre à Alix en personne, accompagnées de sa carte. Sur celle-ci, il avait d'abord voulu écrire « Pardon ! » puis, s'étant ravisé, l'avait laissée vierge.

« Combien de roses ? lui avait demandé l'hôtesse.

– Disons onze.

– Quelle couleur ?

– Tout sauf rouges », lui avait-il répondu.

Il n'allait pas s'enferrer plus avant dans sa maladresse. Il avait voulu régler la note tout de suite, mais elle s'était contentée de la mettre sur son compte – il était d'usage de s'acquitter des frais supplémentaires (apéritifs, excursions, etc.) en fin de croisière. Il était donc remonté dans sa cabine faire ses préparatifs : c'était le jour de sa conférence, il l'avait presque oublié. Il ignorait évidemment si Alix souhaiterait toujours venir l'écouter.

Il était ensuite allé prendre son petit déjeuner au pont numéro six et avait été autant déçu que soulagé de ne pas la voir. Elle aurait sûrement été accompagnée de ses parents si elle avait été là et il redoutait de se retrouver en face d'eux, à tenter de justifier ses choix esthétiques et les paroles provocatrices de la chanson de Gainsbourg, qu'il avait cru bon d'interpréter.

« Aujourd'hui, on mélange tout. D'ici à ce qu'ils me prennent pour un prédateur sexuel, il n'y a pas loin », avait-il pensé.

Il s'était dit aussi qu'Odile, qui avait déjà dû les prévenir contre lui, s'était sûrement ingéniée à le descendre en flammes, son attitude de la veille ayant dû, naturellement, conforter son jugement.

Justement, au moment où il allait partir, il avait vu arriver cette dernière au grill et, bien évidemment, elle n'avait pu faire autrement que s'approcher de sa table.

« Vous avez fait sensation, hier ! avait-elle commencé sans même lui dire bonjour.

– Ce n'était qu'une chanson, lui avait-il répondu. Il ne faut pas lui accorder trop d'importance.

– Oh, je ne parlais pas de ça ! » avait-elle glissé mystérieusement.

Il ne comprenait absolument pas de quoi elle voulait parler et avait dû lui opposer une mine si ahurie qu'elle n'avait pu s'empêcher de sourire.

« Oh, vous comprendrez, vous finirez par comprendre ! »

Elle avait prononcé ces mots à mi-voix car, juste à ce moment-là, M. et Mme de Torgues étaient arrivés pour prendre leur petit déjeuner, suivis d'ailleurs d'Alix qui arborait une mine plutôt réjouie et lui fit « hello » de la main. Apparemment, elle ne lui en voulait pas. Pas plus que les autres membres de sa famille.

M. de Torgues en personne vint même le saluer, tandis qu'Odile rejoignait sa sœur. Il semblait avoir oublié l'incident de la veille. Au contraire, ce fut même lui qui le pria d'excuser leur retraite.

« Pardonnez-nous, lui avait-il dit, de vous avoir abandonné hier soir. Nous avons dû nous retirer avant que vous ayez fini de chanter, mon épouse s'étant subitement trouvée mal. Je crois que notre escapade aux fontaines de Peterhof a dû la fatiguer. Alix a beaucoup regretté, mais ce matin, elle est là, elle va bien, elle va pouvoir vous accompagner comme prévu à l'université pour votre conférence. Cela dit... »

Il avait paru soudain embarrassé, son front s'était plissé et son visage était devenu encore plus sévère que d'habitude. Il avait, ce matin-là, à ce que vit Paul, un air triste et presque accablé.

« Cela dit, avait-il poursuivi, vous n'allez pas pouvoir beaucoup échanger avec elle, elle n'a toujours pas de voix et je préférerais aussi, vu l'épidémie qui rôde, qu'elle portât son masque en permanence. »

Paul avait observé Alix, qui prenait son petit déjeuner à la table où Mme de Torgues s'était installée. Un foulard Hermès bleu et or, qui contrastait avec sa chevelure claire et la faisait paraître plus proche du blond, lui entourait la gorge.

« Ne craignez rien, avait-il répondu. Je veillerai à ce qu'elle soit bien protégée.

– J'en suis sûr », avait déclaré M. de Torgues.

Après quoi, il s'était esquivé. Paul avait attendu qu'Alix eût avalé son thé, puis ils avaient rejoint le taxi qu'il avait retenu et étaient partis pour le centre-ville et les bords de la Neva.

23

Paul avait prononcé sa conférence dans un anglais oxfordien, et c'est à peine si l'on y avait décelé, çà ou là, une pointe d'accent français. À la fin de celle-là, il s'était efforcé de répondre aux quelques questions qui lui avaient été posées et qui n'étaient pas très nombreuses. L'assemblée, d'ailleurs assez clairsemée, paraissait plutôt apathique. Il faut dire qu'en l'absence de chauffage, coupé durant la période d'été malgré une température extérieure qui ne devait pas excéder dix-sept degrés, la grande salle de conférence dans laquelle ils se trouvaient avait tout d'un compartiment frigorifique. Il craignait que le mal de gorge d'Alix, aussi légèrement vêtue que de coutume malgré les recommandations de sa famille, n'empirât encore et que des complications fussent à redouter.

Aussi, quoiqu'il n'ait pu lui éviter la collation préparée par ses collègues, avait-il essayé, en revanche, d'abréger autant que possible les conversations qui l'accompagnaient, afin qu'ils ne restassent pas trop longtemps dans cette salle humide et froide, au milieu de cette population d'inconséquents qui ne respectaient pas les gestes barrières.

Il aurait volontiers expédié ces échanges assez vite, passant rapidement d'un groupe à l'autre pour ne pas les prolonger, mais il eut tout de même à satisfaire, çà et là, certaines curiosités. En particulier, malgré ses efforts, il n'était pas parvenu à se débarrasser d'un collègue scientifique qui, ayant repéré une légère incorrection dans l'une de ses formules, le poursuivait désormais de ses assiduités et avait entrepris, pendant qu'ils buvaient leur vodka dans des gobelets de plastique, de lui faire un cours de chimie organique en bonne et due forme. Étant donné son anglais incertain, émaillé – comme déjà celui du doyen – d'expressions russes intempestives, Paul avait eu peine à suivre tous ses développements. Au bout d'un moment, sentant peut-être qu'il ne lui accordait qu'une attention distraite, l'autre s'était tourné en désespoir de cause vers Alix, qu'il avait dû supposer être sa fille ou sa compagne, et s'était mis en devoir d'achever ses démonstrations. Après quoi, n'ayant obtenu d'elle que des regards impénétrables, il s'était mis à la presser de questions. L'accompagnait-elle toujours à l'étranger dans ses conférences ? Avait-elle eu le temps de visiter la ville ? Où donc allait se diriger maintenant leur croisière ? Et ainsi de suite. Alix lui renvoyait évidemment des mimiques ambiguës qui suscitaient chez lui, au fil du temps, un étonnement croissant.

Il paraissait surpris qu'elle ne parlât pas anglais – tout le monde parle un peu anglais aujourd'hui – et Paul avait fini par lui expliquer qu'elle ne pouvait pas parler du tout, étant malheureusement frappée d'une extinction de voix.

« À ce point ? s'était exclamé l'autre en changeant de couleur. Il faudrait qu'elle consulte. Cela pourrait être grave. »

Il avait alors remis hâtivement son masque, pensant visiblement au coronavirus. Paul lui avait certifié que la famille d'Alix, présente sur le bateau, veillait sur elle et qu'on soignait ce mal avec toute l'énergie nécessaire, ce qui n'avait paru le rassurer qu'à moitié.

Au bout d'un moment, ils avaient tout de même pu échapper aux mondanités et s'étaient retirés de cette honorable assemblée, non sans avoir dû encore serrer des mains ici et là et présenter leurs respects au doyen qui avait trouvé bon d'embrasser celle d'Alix et d'écraser la sienne.

Paul aurait aimé rester toute la journée avec elle, mais il avait promis de la ramener vers une heure. Aussi se contentèrent-ils de quelques pas sur les perspectives Bolchoï, Izmaïlovski ou Moskovski, avant de revenir sur la perspective Nevski où ils prirent une autre vodka en regardant les passants. Après quoi, flânant comme de vrais touristes, ils avaient musardé dans les rues attenantes. Alix s'était d'abord figée devant un magasin de chaussures, dans la vitrine duquel trônaient des escarpins rouges à semelles fauves, puis elle était entrée dans une boutique de vêtements où elle avait passé différentes robes, surveillant l'effet qu'elles produisaient sur lui. Trop court, trop long, trop jeune, trop vieux ? Elle le consultait chaque fois du regard et il était prié de lui donner son avis après chaque essayage. Elle avait fini par opter pour un boléro et une minijupe d'été qu'il n'avait pas pu la dissuader d'acheter, malgré ses observations sur la température encore fraîche.

« Dans votre état, avait-il dit, ce n'est pas raisonnable. Vous feriez mieux d'acheter une chapka ou une ouchanka. »

Pour la convaincre, il s'était aussitôt coiffé d'un de ces couvre-chefs avec l'étoile rouge en écusson, ce qui l'avait fait éclater de rire.

Au retour, en repassant devant le magasin de chaussures, elle s'y était attardée encore de longues minutes, si bien que, finalement, ils y étaient entrés et Paul lui avait offert, malgré ses protestations, les escarpins qui lui avaient plu, se demandant seulement avec quoi elle allait pouvoir les mettre. Il avait vu, au passage, qu'ils étaient de marque italienne et qu'elle aurait pu aussi bien les trouver à Paris – moins chers peut-être. Mais il lui restait, depuis son précédent voyage en Russie, des roubles qu'il cherchait à dépenser. Si cela pouvait lui faire plaisir, il n'allait pas chipoter pour s'en défaire.

Ils étaient finalement rentrés en taxi chargés de paquets et étaient arrivés au bateau un peu au-delà de treize heures, le repas venait juste de commencer. Ils l'avaient pris en famille, sous l'œil circonspect de Mme de Torgues, dont le mari, courtoisement, s'était enquis de savoir si la conférence s'était bien passée. Alix, pendant ce temps, échangeait des bouts de papier avec Odile. Ses joues paraissaient en feu et ses yeux étaient un peu trop brillants. Paul s'était demandé si elle n'avait pas désormais un peu de fièvre, mais n'en avait soufflé mot. Comme ils allaient se retirer après les desserts, un des membres de l'équipage, à leur stupéfaction, avait déposé devant elle un bouquet de roses. Paul avait dû mal s'exprimer, ou l'hôtesse d'accueil avait mal compris ce qu'il lui avait dit. Alix – et toute la famille, par la même occasion – découvrait maintenant onze roses rouges accompagnées de sa carte. Il ne savait plus où se mettre.

« Pour me faire pardonner de vous avoir invitée à chanter hier soir, avait-il commenté un peu penaud. Vous êtes si expressive qu'on en oublie vos problèmes phonatoires. Je suis désolé, avait-il ajouté à l'adresse de ses parents. Il n'y avait pas de roses d'une autre couleur. »

Évidemment, il aurait mille fois préféré qu'elle reçût ces roses dans sa suite plutôt que sous le nez de ses parents et d'Odile, mais il s'était efforcé de faire bonne figure. Alix lui avait facilité la tâche. Les roses semblaient lui procurer autant de plaisir que les chaussures et, de façon inespérée, alors qu'il s'attendait plutôt à lire de la réprobation chez ses hôtes, il avait été plutôt complimenté de cette attention. Odile elle-même avait paru impressionnée.

Cela étant, il n'avait pas voulu s'imposer davantage et, ayant prétexté un mal de tête, avait annoncé qu'il allait se reposer. Aussi s'était-il levé pour les laisser ensemble. C'est alors que M. de Torgues s'était approché de lui et, ayant posé la main sur son épaule, lui avait dit :

« Faute d'avoir pu sortir avant-hier, nous prévoyons d'aller au théâtre ce soir, mais sur ce bateau. Il y a une séance à vingt et une heures, au pont quatre. Vous serez des nôtres ? »

Paul l'avait assuré que rien ne lui serait plus agréable et ils s'étaient quittés bons amis. En partant, il avait vu qu'Alix lui disait merci en brandissant alternativement les roses et la boîte à chaussures.

24

Revenu dans sa cabine, il s'était laissé tomber sur le lit, épuisé par sa conférence matinale, les échanges en anglais et, pour finir, la promenade avec Alix et le repas pris en commun, au cours duquel, la conversation tombant sans cesse puisqu'ils n'avaient pas grand-chose à se dire, il avait été sans cesse obligé de la relancer. La livraison inopportune des roses – de la mauvaise couleur, qui plus est – l'avait achevé, l'obligeant, là encore, à accomplir des prouesses rhétoriques pour s'en sortir.

Il avait dû dormir quelque temps et ne s'était éveillé qu'en entendant frapper à la porte. Il s'était endormi tout habillé, mais avait tout de même quitté ses chaussures.

« Un instant », avait-il dit en les remettant en hâte sans les lacer, pensant qu'Alix était peut-être à la porte.

Il eut la déception d'y découvrir Odile, qui entra dans la pièce sans qu'il l'y eût invitée, en l'applaudissant d'un air entendu.

« Le coup des roses, chapeau ! avait-elle prononcé avec ironie après son dernier bravo. Hier, tout était compromis, mais là, je dois reconnaître que vous êtes très fort. C'est de la haute stratégie…

– Mais non, avait-il protesté. Il s'agissait seulement de présenter des excuses. D'ailleurs, ces roses, initialement, ne devaient pas être rouges.

– Oh, ils ne peuvent pas se permettre de faire les difficiles, lui avait-elle dit bizarrement. Et maintenant on vous emmène au théâtre ! Je vous conseille d'être très attentif, vous pourriez avoir de mauvaises surprises… Un dernier mot encore. Pensez bien à ce que vous allez faire. Car si Alix s'attache vraiment à vous, vous allez avoir une grande responsabilité sur les épaules… »

Il ne voyait pas du tout ce qu'Odile sous-entendait par ces remarques sibyllines. Il s'était seulement demandé si elle agissait par vengeance ou par dépit, ou si c'était son ancienne hostilité à son égard qui, soudain, refaisait surface.

Quand elle fut partie, après lui avoir encore fermement déconseillé d'aller plus loin avec Alix, il avait consulté, pour se distraire, le programme des activités culturelles du *Floréal* et avait constaté qu'en effet on jouait au théâtre, ce soir-là, une pièce de Molière, *Le Médecin malgré lui*. Apparemment, la distribution était éblouissante, les acteurs se trouvaient être de vrais professionnels et figurait même, parmi eux, un ancien sociétaire de la Comédie-Française.

Après le repas du soir, à la conversation toujours un peu laborieuse, ils s'étaient donc installés les uns à côté des autres sur les fauteuils en velours grenat de la salle de spectacle, au milieu d'une foule assez dense qui, peu à peu, l'avait envahie, au mépris des recommandations du bord – « un fauteuil sur deux s'il vous plaît ! » vociférait l'hôtesse d'accueil sans être le moins du monde entendue. Alix avait réussi à s'intercaler à la dernière minute entre Odile et lui, au grand dam de cette dernière, et il en avait été évidemment particulièrement ravi.

Le premier acte s'était déroulé dans une chaude ambiance. Les ruses et réparties de Martine dans la dispute avec son mari

Sganarelle, le retournement des époux contre leur voisin Robert, tout comme les bastonnades que Valère et Lucas, les valets de Géronte, infligent au premier, refusant de se reconnaître médecin, avaient déclenché des rires.

On en était arrivé à la scène IV du deuxième acte, quand il s'agit de guérir Lucinde, la fille de Géronte, de son mutisme, par lequel elle s'oppose à son père et rejette l'époux qu'il lui destine. L'acteur jouant Sganarelle venait de débiter d'un ton monocorde la fameuse tirade dans laquelle Molière se moque ouvertement de la médecine et des médecins :

« Or ces vapeurs dont je vous parle venant à passer, du côté gauche, où est le foie, au côté droit, où est le cœur, il se trouve que le poumon, que nous appelons en latin *armyan*, ayant communication avec le cerveau, que nous nommons en grec *nasmus*, par le moyen de la veine cave, que nous appelons en hébreu *cubile*, rencontre en son chemin lesdites vapeurs, qui remplissent les ventricules de l'omoplate ; et parce que lesdites vapeurs... comprenez bien ce raisonnement, je vous prie ; et parce que lesdites vapeurs ont une certaine malignité...

causée par l'âcreté des humeurs engendrées dans la concavité du diaphragme, il arrive que ces vapeurs... *Ossanbabdus, nequer, potarinum, quipsa, milus*. Voilà justement ce qui fait que votre fille est muette. »

Peut-être victime d'un trou de mémoire, il avait répété, après un silence, quoiqu'au milieu des rires : « Voilà justement ce qui fait que votre fille est muette. »

Paul avait senti à ce moment-là sur sa main la douce pression de celle d'Alix dont il avait soudain aperçu le visage inquiet tourné vers lui et les yeux enfiévrés qui l'observaient dans le noir.

25

Des doutes concernant la maladie d'Alix avaient commencé de l'assaillir au cours de la nuit. Fasciné dès leur première rencontre, où il avait préféré la savoir silencieuse, il avait vécu depuis comme dans un rêve, plutôt heureux que cette extase initiale, du fait de ses problèmes de voix, ait pu ainsi, fortuitement, être prolongée. Mais il trouvait maintenant étrange que, depuis qu'il la connaissait, à part quelques interjections ou expressions d'assentiment ou de dénégation, il n'ait guère entendu, jusque-là, le son de sa voix. Il s'était remémoré la remarque de son collègue, s'étonnant d'un tel mutisme, puis, à la lumière des propos comiques et abscons de l'acteur jouant Sganarelle, avait commencé de s'interroger sur les raisons réelles d'une telle situation. Était-ce de cela que le père d'Alix avait voulu l'entretenir l'avant-veille ?

Dans la nuit, le navire avait appareillé pour Helsinki et, au matin, en allant prendre son petit déjeuner, il avait découvert de nouveau la mer vide à l'infini. Odile, croisée dans une coursive, lui avait dit qu'Alix était à la salle de sport, en train de pédaler ou de courir. Les parents Torgues devaient encore faire la grasse matinée. Ils avaient un peu de temps devant eux et il décida de l'interroger d'une façon plus précise qu'il ne l'avait fait jusque-là.

« Le problème d'Alix, lui avait-il demandé, ce n'est pas seulement une extinction de voix, n'est-ce pas ? »

Elle avait réfléchi quelque temps à ce qu'elle allait lui confier, peut-être aussi à ce qu'il pouvait entendre.

« Non, en effet, avait-elle fini par lâcher. C'est beaucoup plus grave que cela. »

Elle lui avait expliqué qu'Alix n'étant pas sourde, elle n'avait aucune raison d'être muette. Elle avait d'ailleurs appris à parler à l'âge habituel et avait eu un développement normal durant toute son enfance.

« Je me souviens même qu'elle était plutôt précoce, lui avait déclaré Odile. Elle ne devait pas avoir deux ans qu'elle parlait déjà très distinctement et comprenait à peu près tout ce qu'on lui disait. C'est bien après que ça s'est gâté. »

Odile lui avait alors raconté qu'Alix avait eu un accident de voiture l'année du baccalauréat. À l'âge de dix-huit ans, alors qu'elle revenait d'une soirée passée entre amis, elle avait eu la frayeur de sa vie. On n'avait jamais su comment elle s'était retrouvée dans cette voiture – une Porsche – qui devait rouler assez vite car elle avait raté un virage dans la descente de l'Alpe-d'Huez et avait effectué plusieurs tonneaux avant de s'écraser contre une falaise. Le conducteur, qui ne portait pas de ceinture de sécurité, soit qu'il ne l'eût pas bouclée, soit qu'il l'eût détachée pour une raison obscure, avait été tué sur le coup. Alix s'en était sortie apparemment indemne mais, depuis lors, ne parlait plus. Elle avait en outre tout oublié de l'accident et de ses circonstances. À peine avait-elle été retrouvée, hébétée, à côté de la carcasse en piteux état que la Porsche avait pris feu. Il n'était rien resté du conducteur à part des os calcinés, et on n'avait même pas pu l'identifier :

la voiture avait été volée et lui-même n'était pas fiché par la police. On avait donc supposé que cet individu avait pris Alix en stop. Et parmi les ADN de personnes disparues aucun ne s'était jamais trouvé correspondre au sien et nul n'était venu réclamer ses cendres.

Alix, visiblement choquée, avait présenté une amnésie post-traumatique caractérisée. Elle ne se souvenait plus de ce qui s'était passé entre le moment où elle avait quitté ses amis à la station de sports d'hiver et celui où elle avait été admise à l'hôpital d'Échirolles, le corps douloureux et l'esprit embrumé. Au plan somatique, elle ne présentait que des contusions sans gravité. En revanche, elle était maintenant incapable de prononcer la moindre parole.

Pourtant, sa boîte crânienne n'avait pas été fracturée et on avait vérifié qu'elle n'avait pas subi d'autres lésions, ni extracérébrales (hématomes duraux ou sous-duraux) ni intracérébrales (contusions à la surface du cerveau, lésions neuronales ou axonales, œdème ou ischémie, hémorragies, etc.). Comme rien ne semblait indiquer que la zone du langage, située dans l'hémisphère gauche, eût été atteinte, on en avait conclu que le problème devait être d'ordre psychologique, le choc présent étant sans doute entré en résonance avec quelque trauma plus ancien. Les choses en étaient restées là.

Depuis lors, Alix avait continué de vivre et de manifester son intelligence et sa sagacité habituelles, mais elle était demeurée complètement muette. Ça l'avait dispensée de certains oraux d'examens, mais ne l'avait pas empêchée de mener à bien ses études. Au lycée, elle parlait déjà couramment l'italien. Pour le reste, il avait fallu s'habituer à ses silences.

« Voilà, cher ami, ce qu'on vous a caché jusqu'ici. C'est la raison pour laquelle je vous disais d'être prudent. Comprenez-moi : je ne suis pas bégueule, vous le savez, mais j'aurais préféré que vous restiez à distance. Nous l'entourons de notre affection, mais elle est demeurée très fragile. Et son handicap pèse évidemment très lourd dans ses rapports avec les autres. La plupart du temps, elle préfère d'ailleurs rester seule. À vrai dire, c'est la première fois que nous la voyons s'intéresser de nouveau à ce qui l'entoure. Elle n'a pas été aussi gaie depuis très longtemps. »

26

Paul avait été fort troublé par ces révélations, et se trouvait maintenant effectivement investi d'une responsabilité qui risquait – avait-il pensé – de lui gâcher le reste du voyage.

« Je dois confesser, m'avait-il avoué, que je me serais bien vu, au départ, flirter un peu avec Alix : c'était flatteur pour moi et n'hypothéquait pas, de mon point de vue, sa vie future. Je savais que la croisière se terminerait vite et qu'il était, par conséquent, très probable qu'à la fin de celle-ci chacun s'en retournerait dans ses foyers. »

Ce que lui avait appris Odile modifiait ses plans. Il n'était plus question pour lui de faire le joli cœur devant cette jeune fille, et moins encore de la prendre en charge ou de lui donner Dieu sait quel espoir. Il n'avait pas le pouvoir, pensait-il, de lui rendre la parole et estimait d'ailleurs maintenant que la parole n'était peut-être pas seulement ce dont elle manquait.

Bien que totalement incompétent en la matière – il n'était pas médecin et ne s'était jamais intéressé à un cas semblable –, il avait quelque souvenir de réflexions anciennes sur la question du mutisme. Quand elle n'écrivait pas tout simplement des mots rapides en langue ordinaire, Alix en était sans doute réduite à user, pour se faire comprendre, d'un langage gestuel – qu'elle devait d'ailleurs pratiquer avec ceux qui pouvaient le comprendre. Quand il l'avait vue pour la première fois à table avec sa mère, il l'avait prise pour une Italienne, mais, en réalité, il se rendait compte maintenant qu'elle devait utiliser ce jour-là le langage des signes. Mme de Torgues, à la différence de sa sœur, avait dû faire l'effort de l'apprendre.

Or il lui restait – m'avait-il confié – quelques souvenirs de Diderot et de sa fameuse *Lettre sur les sourds et muets, à l'usage de ceux qui entendent et qui parlent.* Ces vagues réminiscences le portaient à croire que la structure du langage des signes n'avait rien à voir avec celle de la langue naturelle. Il avait notamment retenu de l'auteur que l'ordre des « mots » n'y était pas semblable et qu'il ne fallait pas compter pouvoir y exprimer exactement la même chose. Ce qu'on communique au moyen de gestes, expliquait ce philosophe, est toujours avant tout une idée centrale, qui souvent en reste à une formulation assez brute ; tandis que les phrases des langues indo-européennes, à quelques permutations près, exposent au contraire les idées dans des suites de mots qui peu à peu les précisent et leur apportent toutes sortes de nuances, le sens final n'étant atteint qu'au terme de l'exposition. Bref, Paul se disait qu'il devait être très frustrant, dans un tel contexte, de débattre avec des muets, leurs réponses étant sans doute, dans la plupart des cas, limitées à l'essentiel. Il devait apprendre, plus tard, qu'il se trompait – au moins en partie – car depuis les travaux de William Stokoe, analyste de la langue des signes américaine dans les années 1960, on sait que cette langue possède les mêmes caractéristiques linguistiques que les langues parlées, que ce soit au plan phonologique, grammatical ou linguistique. À l'époque, toutefois, il n'était pas averti de tous ces détails et savait seulement que la langue des signes n'était pas universelle. Qui plus est, il n'avait pas été très convaincu par les prouesses cinématographiques de *La Famille Bélier*, les sous-titres magnifiant largement les gestes des acteurs.

Il s'était donc dit qu'il lui serait difficile de passer sa vie avec une personne incapable de s'exprimer comme tout le monde. Ç'eut été pire qu'habiter un pays dont on ne parle pas la langue car, dans un tel cas, on peut toujours espérer l'apprendre et rétablir ainsi un semblant d'égalité. Mais si, comme l'écrivait Diderot, il n'y avait pas d'équivalence entre le geste et la parole, et autant de systèmes de gestes que de communautés de muets, alors tout était perdu. À qui Alix, dans l'instant, pouvait-elle confier ce qu'elle éprouvait ? À part sa mère, personne, sur ce bateau, n'était à même de la comprendre. Et alors qu'elle-même était parfaitement capable d'entendre tout ce qu'on lui disait – puisqu'elle n'était pas sourde –, elle ne pouvait spontanément réagir aux propos des autres que de façon assez sommaire. En conséquence, il s'était dit qu'il ne saurait jamais exactement ce qu'elle pensait – sinon, de façon différée, via son portable ou ses bouts de papier. Cette situation déséquilibrée lui paraissait désastreuse.

Puis – s'était-il interrogé en se souvenant de l'embarras du chimiste de l'université de Saint-Pétersbourg – si, étant ensemble, ils avaient à recevoir des collègues ou des amis, comment ceux-ci se comporteraient-ils en face d'une personne qui ne pourrait même pas leur dire bonjour ni leur souhaiter la bienvenue, moins encore participer à ces débats d'idées où les intellectuels ont coutume de rivaliser en subtilités et d'égayer leurs échanges de mots d'esprit ou d'histoires drôles auxquels il convient toujours de répondre au quart de tour, faute de quoi l'on passe pour un parfait idiot ?

Non, décidément, il ne se voyait pas vivre avec Alix, moins encore avoir à la soutenir, l'encourager, la rassurer sans cesse et lui témoigner à jamais un amour sans faille. La vie de couple est déjà suffisamment difficile quand on s'entend et qu'on peut se parler. Que peut-elle devenir d'autre qu'une longue géhenne quand l'un des deux s'avère atteint d'une si terrible incapacité ?

Odile avait mille fois raison. Il n'aurait jamais dû s'approcher de cette jeune fille, elle-même encore au sortir de l'adolescence, et qui, frappée d'un mal aussi sournois et qui l'isolait forcément des autres – à commencer par les jeunes gens de son âge –, avait trouvé en lui un admirateur attentif et dévoué dont elle pensait qu'il pouvait l'épauler. Las, il n'était pas celui qu'elle croyait et son héroïsme supposé n'était qu'une pure façade. Ce n'était sans doute pas une réaction très glorieuse, après cet enthousiasme métaphysique qui l'avait naguère transporté, mais il ne souhaitait pas tirer un trait sur sa tranquillité. Cette jeune femme était touchante, sublime, mystérieuse, elle avait aussi certainement d'incontestables qualités, y compris des qualités de cœur, mais le prix de sa fréquentation lui semblait décidément trop élevé. Une grande partie de sa vie était derrière lui et elle l'avait déjà – croyait-il – largement épuisé. C'était comme s'il avait dû tirer des chèques sur un compte en banque à peu près vide.

27

Avant qu'ils ne parvinssent à Helsinki, il y eut à nouveau une soirée dansante sur le *Floréal*. Après le repas, encore plus fin et plus copieux qu'à l'ordinaire, il avait été prévu, comme précédemment, une manière de bal auquel sinon le capitaine, du moins certains de ses officiers devaient à nouveau participer.

Le restaurant principal avait été partiellement vidé de ses tables après des agapes qui avaient commencé, ce soir-là, un peu plus tôt que de coutume, et, sur la piste de danse ainsi aménagée, des couples avaient déjà commencé de valser. Paul avait invité Mme de Torgues, puis Odile, après quoi il était revenu s'asseoir à leur table, tandis qu'un membre de l'équipage, à son grand soulagement, se penchait déjà au-dessus d'Alix pour l'inviter. Malheureusement, Alix avait refusé cette invitation et Paul s'était alors astreint – comme Odile et ses parents, du reste – à la réprimander doucement.

« Voyons, vous devriez en profiter pour vous amuser un peu, avait-il plaidé. Il n'y aura peut-être pas encore beaucoup de soirées comme celle-ci ! »

Pour toute réponse, Alix était venue s'asseoir à ses côtés et, ayant sorti pour une fois son carnet devant lui, avait griffonné à la hâte ces quelques mots : « C'est avec vous que je veux danser. »

Il avait regardé alentour, quêtant une approbation qui ne venait pas quand, finalement, un peu contrainte et forcée, Mme de Torgues avait consenti à laisser tomber, de sa voix ensommeillée :

« Allez-y, puisqu'elle vous le demande. »

Pendant ce temps, M. de Torgues s'efforçait de regarder ailleurs et Odile, quant à elle, tentait de répondre à l'attention d'un officier qui, installé au bar, paraissait la fixer des yeux depuis quelque temps. Elle avait fini par se lever – « je vais commander une autre bouteille », avait-elle prétendu –, les laissant trouver seuls la solution du problème.

Paul avait fini par se lever aussi et, prenant Alix par la main, l'avait conduite jusqu'à la piste où, l'entourant de ses bras, mais en prenant bien soin de maintenir entre eux une certaine distance, l'avait entraînée dans une nouvelle danse qu'elle n'avait pas semblé trouver à son goût. Chaque fois qu'elle essayait de s'approcher d'un peu trop près, en effet, il s'était efforcé de rétablir un écart réglementaire, ce qui était pour elle, qui avait déjà, par le passé, posé sa tête sur son épaule et s'attendait sans doute ce jour-là à plus d'empressement de sa part, d'une parfaite incorrection. Elle lui lançait, de temps en temps, des regards tantôt inquiets, tantôt courroucés, qui lui laissaient augurer des suites assez fâcheuses. À peine avaient-ils, en silence, regagné leur table qu'elle avait arraché à nouveau une page à son carnet et la lui avait mise sous le nez d'un geste rageur :

« Qu'est-ce qui vous prend ? » y était-il écrit d'une main tremblante. « Je ne vous plais plus ? »

Il lui avait adressé un signe de totale impuissance qui semblait vouloir dire qu'il ne comprenait aucunement ce qu'elle semblait lui reprocher. Mais elle lui avait lancé aussitôt un regard vraiment suppliant qui lui avait fendu l'âme pour le restant de ses jours.

Par la suite, il s'était contraint à entrer dans une longue et ennuyeuse conversation sur les échecs avec M. de Torgues, tandis que sa femme dormait debout et qu'Odile pérorait au bar avec l'homme en uniforme.

Alix s'était mise à bouder dans son coin et ne voulait, à ce qu'il voyait, danser avec personne – personne d'autre que lui, bien sûr. Aussi l'avait-il finalement invitée une dernière fois et, tandis qu'elle cherchait, désormais ouvertement, à se blottir contre lui en forçant, pour ainsi dire, le barrage qu'il avait dressé, il s'était tellement raidi devant ses pressants assauts que cette nouvelle posture avait eu sur lui des effets inattendus. Son sexe, ordinairement sifflotant dans ce genre de circonstances, s'était en quelque sorte transformé en pipeau.

Il dansait maintenant penché en avant, le corps cassé en deux pour dissimuler la chose, ce qui avait l'inconvénient de rapprocher leurs têtes, mais visait avant tout un objectif bien précis : creuser, autant que possible, l'écart qui les séparait au niveau de la ceinture. Au bout d'un petit moment, elle avait paru s'inquiéter de cette position incongrue et, voulant y remédier, lui avait donné une grande tape dans le dos, ce qui l'avait redressé incontinent, lui découvrant du même coup, à sa stupeur, la cause profonde de son ankylose. Elle s'était alors mise à rire d'une manière désarmante, imprimant des mouvements latéraux à sa tête, qui semblaient dire : « Ce n'est pas possible, comment peut-on être aujourd'hui aussi pudibond ? »

La danse finie, il l'avait ramenée à sa place et, après un dernier toast, portant soudain la main à sa tête d'un air las, avait déclaré que, décidément, il y avait trop de bruit dans cette salle et qu'il était réellement fatigué.

« Je vais devoir vous laisser, avait-il affirmé. Je me demande si je n'ai pas pris un rhume. Ce n'est sûrement pas le virus, mais enfin, je préfère aller me reposer. Un bon somme et il n'y paraîtra plus. »

Il s'était incliné de façon sans doute un peu trop cérémonieuse devant Alix et son père, avait effleuré la main de Mme de Torgues, et s'était lâchement retiré.

Malheureusement, il n'avait pas été quitte. Il devait être arrivé dans sa cabine depuis à peine un quart d'heure quand il avait entendu qu'on grattait à sa porte. Après quoi un papier qu'on venait de glisser dans l'interstice était apparu dans le coin droit. Il était allé s'en saisir et avait lu ceci :

« Ils vous ont dit, n'est-ce pas ? Oh, ils vous ont dit et vous ne voulez plus de moi, même si vous me désirez ? Quel malheur ! Sachez que je ne souhaitais pas vous mentir, même par omission… j'ai pensé tout vous raconter à plusieurs reprises, et notamment quand je suis venue déposer un message à votre porte, la première fois. Mais vous ne m'avez pas ouvert et, plus tard, nous n'avons pas souvent été seuls. À Saint-Pétersbourg, il était déjà trop tard et j'étais enfermée dans leur mensonge ("leur" était souligné deux fois). Oh comme j'aurais voulu que vous appreniez ça de moi, et non de mes parents ou de cette idiote d'Odile ! Je ne vous demande pas de m'aimer et encore moins d'avoir pitié de moi. Mais, s'il vous plaît, gardez au moins à mon égard l'attitude que vous aviez lors de notre première rencontre. J'avais senti que vous m'admiriez, sur le pont où je contemplais la mer, mais pas de cette admiration bête et grossière des jeunes gens qui, d'habitude, ne me flattent que pour coucher avec moi. C'est pourquoi j'étais venue m'installer près de vous pour voir ce que vous alliez faire. Vous avez été d'une parfaite correction et j'ai tout de suite compris que je pouvais vous faire confiance et m'en remettre à vous. S'il vous plaît, je vous en prie, intéressez-vous encore un peu à moi... »

Il avait alors ouvert la porte, mais Alix s'était enfuie.

28

Cette missive lui avait mis les larmes aux yeux et il ne pouvait pas la laisser lettre morte. Il avait décidé d'y répondre sur-le-champ et avait écrit, comme dans un songe :

« Chère Alix,

Tant de gens parlent aujourd'hui pour ne rien dire et tant d'autres profèrent des sottises dès qu'ils ouvrent la bouche qu'on ne peut pas en vouloir à qui garde le silence, et ce, quelles qu'en soient les raisons. D'ailleurs vous êtes en bonne compagnie, car avant tout ce qui parle était ce qui se tait et c'est une longue tradition (stylites, pères du désert, trappistes...) qui veut retrouver l'état que vous subissez. Si j'ai tardé, l'autre jour, à vous ouvrir ma porte, c'est uniquement parce que je ne voulais pas me présenter devant vous dans une tenue dont le moins qu'on puisse dire est qu'elle ne me mettait pas en valeur. Mais c'était pure bêtise, car je vois bien, aujourd'hui, que votre jugement va au-delà des apparences. Je ne voulais pas non plus vous blesser, ce soir, en vous encourageant à vous amuser et en me mettant, si peu que ce soit, en retrait. N'attribuez pas cette attitude à un revirement de ma part dû aux révélations qu'on m'aurait faites. C'était, tout simplement, pour que vous vous sentiez libre. Sachez que je garde pour vous la même estime que celle que je vous portais au premier jour. Recevez, en attendant une nouvelle rencontre, mes très affectueuses pensées. Paul. »

« Je commis alors – me raconta-t-il plus tard – ma deuxième grande erreur de la semaine. Au lieu de confier ce message à quelque membre de l'équipage, l'accompagnant, le cas échéant, d'un bon pourboire, je décidai de le porter moi-même à Alix et de le lui faire passer en utilisant sa technique. Parvenu au sixième pont, je cherchai donc le numéro de sa suite – que je connaissais depuis l'histoire des fleurs – et, m'accroupissant devant la porte d'entrée, tentai de faire pénétrer mon mot à l'intérieur. Malheureusement, le grain ou l'épaisseur de mon papier à lettres, plus forts sans doute que ceux des pages du carnet d'Alix, m'interdirent d'en glisser la moindre partie sous son battant, et ce, même après que j'eus ôté l'enveloppe qui contenait ma missive. Évidemment, mes divers essais et manipulations avaient dû attirer l'attention d'Alix et, alors que j'allais me retirer en remportant ma lettre – je ne voulais pas la laisser à l'extérieur, au vu et au su de n'importe qui – la porte s'ouvrit et Alix parut. »

Elle s'était empressée de le relever et l'avait fait rapidement entrer dans sa suite, non sans avoir auparavant vérifié que personne ne les voyait. Puis, avisant la lettre dont elle pensait bien qu'elle lui était destinée, elle la lui avait ôtée des mains et, l'ayant lue d'une traite, s'était aussitôt jetée dans ses bras.

Bien sûr, il avait essayé de tempérer son ardeur juvénile, étant d'ailleurs profondément surpris que son message, au demeurant plutôt tiède et mesuré, eût entraîné une telle réaction. Mais il devait remarquer, par la suite, que le moindre de ses propos, y compris le plus anodin, déclenchait chez elle une exaltation sans commune mesure avec son contenu réel.

Toujours est-il que, ce soir-là, elle l'avait entraîné sur le canapé puis sur le lit, et comme elle était déjà en nuisette, il ne lui avait pas été bien difficile de se retrouver bientôt nue dans ses bras. Il n'avait pas du tout voulu ça, au contraire, il s'était promis, en début de soirée, de s'esquiver le plus tôt possible et sur la pointe des pieds. Or voilà qu'il se trouvait dans la situation totalement opposée, ce qui contrevenait aussi bien aux injonctions d'Odile qu'à ses propres résolutions, et le mettait désormais en devoir de s'occuper de cette jeune femme qui le voyait comme un sauveur.

Au point où il en était, il n'était évidemment plus temps de reculer. Et, assurément, cela n'allait pas être un supplice de faire l'amour avec elle. Mais, je ne sais trop pourquoi, il s'était attendu à des transports modérés, comme si ceux-ci eussent dû être atténués par son mutisme. Or il n'en fut rien. Elle gémissait et criait pendant les rapports comme une bête aux abois, ce qui donnait à sa chambre ouverte au vent du large l'allure d'un pré où on allait bientôt sonner l'hallali. Et Paul, soudain, s'était rappelé la remarque d'un écrivain helvétique, auteur d'un livre sur le silence : « De même que, parfois, un muet pousse un cri à faire croire qu'il déchire sa chair afin d'arriver à la parole, de même, aujourd'hui, les choses éclatent et explosent comme si elles voulaient se rompre violemment en un son : c'est le son de l'écroulement. » Cette relation était-elle à l'image d'un monde en train de s'écrouler ? Cette question l'avait longtemps empêché de s'assoupir.

29

Dans la nuit, il avait regagné sa cabine en catimini, non qu'il eût été honteux de ce qui s'était passé avec Alix – après tout, elle l'avait voulu –, mais parce qu'il ne souhaitait pas avoir à confronter leurs images dans le miroir au petit matin : elle, magnifique, pimpante, fraîche comme au premier jour, et lui, homme déjà mûr, et plus que mûr, bientôt blet, et donc à peine comestible, tel un fruit un peu passé. En fait, il se disait qu'il avait péché contre la jeunesse, un peu à la manière du Casanova de Schnitzler, lors de sa dernière aventure d'un soir : non pas, certes, en trompant, comme celui-ci l'avait fait, celle qui s'était donnée à lui avec confiance, mais par lâcheté, laisser-aller, faiblesse, en ne rejetant pas ses avances.

Il crut s'assoupir une heure ou deux, mais finalement s'éveilla tard dans la matinée et, se levant avec difficulté, constata qu'il était fatigué de cette tension qui s'était accumulée au fil des jours. Il avait jeté un œil sur le balcon et vu que le *Floréal* approchait déjà d'Helsinki, pour lui le moment le plus important du voyage. Il avait initialement prévu un petit périple pendant la durée de l'escale, mais se demandait maintenant s'il était toujours de saison. Il lui semblait douteux qu'il pût à nouveau emmener Alix avec lui, ce n'était pas raisonnable. Mais la laisser seule, se disait-il, équivaudrait pour elle à un véritable désaveu. Il ne savait que faire.

Il était trop tard pour le petit déjeuner. Aussi était-il descendu au pont numéro deux où se trouvait le restaurant – « Peut-être pourra-t-on m'y servir un brunch ? » s'était-il dit. Dans cette attente, il avait commencé de converser avec quelques passagers qui se trouvaient là pour la même raison que lui – ils s'étaient levés trop tard. Avant l'accostage, certains, déjà venus en Finlande, se faisaient fort de conseiller les autres.

« Helsinki, clamait un vieux géographe, est un peu comme une ville de province française : six cent cinquante mille habitants environ, un million et demi avec la banlieue. Ce qu'on appelle ici le “Grand Helsinki” est, en fait, à peu près de la taille du Grand Lyon : c'est l'Europe à visage humain ! »

Mais, à la différence de la capitale des Gaules, c'était, d'après lui, la seule ville de son espèce.

« En dessous, poursuivait-il, on a deux ou trois villes à moitié moins grandes, quatre ou cinq tournant autour de cent mille habitants, une grosse douzaine entre quinze mille et cinquante mille, après quoi c'est le désert ou presque. Je ne suis pas sûr que la loi de Christaller s'applique. En fait les centres les plus gros sont massés dans le sud au lieu d'être uniformément répartis et les distances ne sont pas proportionnelles aux tailles. L'ensemble du pays a la population d'une ville moyenne chinoise, mais distribuée sur trois cent cinquante mille kilomètres carrés. Autant dire que les Finlandais ne sont vraiment pas les uns sur les autres, ce qui fait qu'ils n'ont pas eu beaucoup de difficultés à respecter les gestes barrières : moins de quatre cas de coronavirus pour mille habitants, vous vous rendez compte ! »

« Parfait ! se disait Paul. Voilà un pays fait pour moi. » À défaut d'y être seul et d'en jouir comme il l'entendait dans ses rêves, il allait pouvoir s'y promener sans danger, probablement sans masque. Il aurait préféré ne pas y entraîner Alix, mais pouvait-il maintenant faire autrement ? D'ailleurs, oubliant progressivement ses réticences, il pensait de plus en plus à elle désormais. Après tout, il pouvait raisonnablement envisager une ou deux excursions vers les lacs, les îles ou même le Grand Nord. S'il faisait beau et si les nuits étaient claires, ils y verraient des aurores boréales. Ce spectacle – pensait-il naïvement – aurait peut-être le pouvoir de lui rendre sa voix, qui sait ? Le silence n'est-il pas le seuil du langage ?

Il avait regardé de tout côté, cherchant les Torgues, mais ceux-ci brillaient par leur absence. Il pensa qu'ils avaient dû prendre leur petit déjeuner au grill bien plus tôt, puis étaient sans doute rentrés dans leur suite pour se préparer au débarquement. Il était monté au pont numéro six et avait frappé à la porte d'Alix, mais il n'y avait sans doute personne. En tout cas la porte ne s'était pas ouverte. Peut-être était-elle fâchée qu'il l'eût quittée pendant la nuit, partant comme un voleur sans même la prévenir. Encore une de ses dérobades incompréhensibles !

« Nous eussions très bien pu, m'avait-il confié, en sortir au matin ensemble. Même Odile nous aurait compris, malgré sa désapprobation probable. M. de Torgues, comme à son habitude, aurait tourné la tête dans une autre direction, et seule, peut-être, Mme de Torgues m'eût fait des reproches ou fusillé du regard. Mais, après tout, qu'est-ce que ça pouvait faire ? Alix était majeure et faisait ce que bon lui semblait. Puis, si elle était heureuse comme ça, qu'avaient-ils à redire ? À mon avis, cette situation pouvait aider à apaiser les relations apparemment tendues qu'ils entretenaient avec leur fille. »

Il était sur le pont supérieur depuis dix minutes et s'était mis à fumer accoudé au bastingage, regardant les manœuvres compliquées du bateau pour entrer dans le port et accoster, quand il avait vu arriver Odile avec son air des mauvais jours.

« Je vous trouve enfin ! s'était-elle exclamée. On vous a cherché partout. Alix a fait un malaise ce matin.

– Un malaise ?

– Oui, comme l'autre soir.

– Mais votre beau-frère m'avait dit que, l'autre soir, c'était sa femme qui...

– Non, c'était Alix. Maintenant, elle vous réclame. Ça vous ennuierait de venir avec moi ? Elle est dans leur suite », le prévint-elle.

Chemin faisant, elle lui avait demandé ce qui s'était passé.

« Rien de spécial, avait-il dit. Rien que de très naturel.

– Rien ne peut être vraiment naturel pour elle, l'avait-elle prévenue, et surtout pas que vous passiez la nuit ensemble et que vous la plantiez ensuite, sans plus vous occuper de ce qu'elle peut penser.

– Mais ce n'était pas du tout mon intention, avait-il protesté. Je comptais bien la voir aujourd'hui et m'expliquer. »

Ils avaient bientôt pénétré dans la suite de M. et Mme de Torgues, qui, à la surprise de Paul, l'avaient accueilli comme le messie. Le regard d'Alix, étendue sur le canapé, s'était illuminé dès son arrivée et elle avait semblé tout à coup aller mieux.

« Le médecin du bord lui a donné un anxiolytique, lui avait soufflé Odile à l'oreille, mais nous avons mis la boîte en lieu sûr. Elle a déjà tenté une fois de...

– Voyons, avait-il dit à Alix en lui prenant la main – apparemment, ils n'avaient plus à cacher leurs relations –, pourquoi vous mettre dans des états pareils ? Nous arrivons à Helsinki, il fait beau, et nous allons pouvoir profiter de la Finlande. Il paraît que c'est un pays où l'on peut faire des kilomètres sans rencontrer quiconque. Personne ne vous demandera de parler. Ni moi, ni – ajouta-t-il en riant – les baleines qui croisent au loin et qu'on aperçoit de temps en temps de ce bateau. Savez-vous qu'elles s'envoient des signaux à 15 hertz qui sont pour nous à la limite de l'audible ? C'est une fréquence peu absorbée par l'océan, figurez-vous, de sorte qu'autrefois, dans un monde sans pollution sonore, une baleine du glacier de Ross pouvait aisément entendre une congénère des îles Aléoutiennes et vice versa. Ce n'est plus le cas, malheureusement. Il n'y a pas que les humains, voyez-vous, qui ont du mal à communiquer… »

Elle l'avait regardé d'un air si désolé qu'il l'avait aussitôt prise dans ses bras. Puis, ayant saisi son carnet dont elle avait arraché une nouvelle feuille, elle lui avait tendu ces mots :

« J'avais peur, une fois le bateau à quai, de ne plus jamais vous revoir. »

30

« Effectivement, cela avait été, pour moi, une tentation, m'avait-il confié en me contant cet épisode. En entendant le croisiériste parler de la Finlande, je m'étais senti à un point de bifurcation. Ce pays semblait fait pour des solitaires dans mon genre, désireux d'échapper à la trame du monde, et j'avais très envie d'y séjourner, quitte à abandonner la croisière. Puis j'avais pensé à Alix, mais presque comme à un mal nécessaire, pressentant qu'il y aurait probablement des complications si je continuais à la fréquenter. Je n'imaginais pas, cependant, qu'elles arriveraient si vite. »

C'est alors que M. de Torgues l'avait pris par le bras et lui avait murmuré à l'oreille :

« Est-ce que je peux vous parler deux minutes en particulier ? »

Paul avait aussitôt déclaré à Alix qu'il devait se retirer quelques instants – « mais je reviens tout de suite », l'avait-il rassurée – et était sorti sur le pont où M. de Torgues l'avait rejoint.

« Vous avez compris qu'Alix est tout à fait mutique, lui avait-il dit dès son arrivée. Nous ne voulons pas l'embarrasser en évoquant son handicap devant des tiers, c'est pourquoi nous n'en parlons jamais avec les étrangers. Mais, d'après ce que j'ai appris, elle semble s'être attachée à vous et, d'une certaine manière, ce n'est pas plus mal. Depuis son accident – dont je voulais vous entretenir depuis longtemps –, nous avons beaucoup de peine à la distraire et – vous savez ce que c'est si vous avez vous-même des neveux –, au bout d'un moment, notre compagnie lui pèse, nous ne savons plus quoi lui dire et elle aspire elle-même à nous échapper. Je ne vous cacherai pas que la savoir avec vous est un réconfort, car ses précédentes... relations nous ont causé bien du souci. Malgré les réticences d'Odile, et peut-être aussi de ma femme, j'ai plutôt tendance à penser qu'avoir commerce avec vous lui fera du bien, au moins pendant la durée de cette croisière et peut-être au-delà. Nous sommes d'ailleurs prêts à vous aider de toutes les façons possibles. »

Il ajouta, après un petit temps d'arrêt :

« Comme vous vous en doutez, nous ne sommes pas dépourvus de ressources... »

En d'autres termes, il lui signalait, au cas où Paul ne l'aurait pas deviné, que la famille avait pas mal d'argent. Ses sentiments personnels ne semblaient pas importer. Peut-être même M. de Torgues estimait-il qu'il n'en avait pas, ou pas beaucoup, ou très peu, ou encore que son attachement à Alix relevait d'un pur calcul. Il aurait, en quelque sorte, flairé la bonne affaire. Je revois encore sa colère, lorsqu'il m'avait exposé tout cela.

« J'ai failli lui crier dans les oreilles – même si je n'en étais pas sûr, même si je me débattais encore comme un beau diable entre mon désir et mes scrupules, même si je me trouvais toujours, aux prises à des pensées contradictoires, devant un dilemme dont j'avais peine à trouver la solution –, j'ai failli lui crier, oui, dans les oreilles, que j'aimais Alix, que je l'aimais vraiment, que je l'avais aimée dès que je l'avais vue, non pas seulement pour sa beauté, son élégance ou son charme, mais pour ce qu'elle incarnait, ce qu'elle révélait du monde, ce que spirituellement, métaphysiquement même, elle exprimait. Et je voulais lui dire aussi que, pour toutes ces raisons, je me foutais complètement qu'elle fût une héritière. Au lieu de ça, je l'assurai hypocritement qu'il me serait tout à fait agréable de l'accompagner dans la visite de la ville, et peut-être aussi, ajoutai-je, dans quelques promenades que je prévoyais de faire dans ce pays, même si nous n'y restions pas très longtemps. »

« Bien, bien. Très bien, avait répondu M. de Torgues. Elle sera très heureuse de voir des choses avec vous. Et nous aussi. »

Paul avait senti qu'il allait le soulager d'un poids dont il commençait à ne plus pouvoir supporter la charge. Il en profita – donnant, donnant – pour lui soutirer quelques informations :

« Odile, enfin… votre belle-sœur, m'a appris que ce… mutisme était intervenu à la suite de son accident, mais est apparemment sans causes physiologiques. Vous a-t-on laissé espérer qu'il pouvait être, disons… réversible ?

31

Le père d'Alix lui avait répondu évasivement.

« Elle a vu de nombreux médecins, mais – vous savez comment sont les médecins – ils se refusent toujours à faire des pronostics, même lorsqu'on est à l'article de la mort, ce qui n'est évidemment pas son cas. Toutefois... toutefois – Paul avait senti qu'il hésitait à lui dire la vérité pour ne pas le décourager –, s'il devait se produire quelque amélioration, ils nous ont laissé entendre que ce serait long, à moins bien sûr qu'un déclic ne se produise, annulant le choc responsable de son état.

– Mais si aucune lésion caractérisée n'a été repérée, avait insisté Paul, tous les espoirs sont permis, non ? »

L'autre avait eu l'un de ces gestes fatalistes qui lui étaient coutumiers.

« C'est ce que nous nous disons, mais le fait est que, jusqu'à présent, cette amélioration espérée ne s'est pas produite. C'est pourquoi Alix demeure dans un état de fragilité extrême, et qui peut, du jour au lendemain – vous le voyez aujourd'hui –, la précipiter dans des crises comme celle qu'elle vient de traverser. C'est pourquoi aussi je ne saurais trop vous conseiller d'agir avec la plus grande prudence et de faire très attention à ce que vous lui direz.

– Oui, oui, avait acquiescé Paul. Mais je ne crois pas avoir, jusqu'ici...

– Je sais, je sais, lui avait répondu M. de Torgues en lui prenant le bras. Elle vous fait d'ailleurs entièrement confiance et est, en outre, tout à fait reconnaissante de ce que vous faites pour elle.

– Bon, avait dit Paul. Y a-t-il autre chose que je devrais savoir, afin de la perturber le moins possible et d'éviter ainsi que la même situation ne se reproduise ? Je suis tout à fait désolé de ce qui s'est passé : nous nous sommes vus hier soir et peut-être suis-je parti ensuite un peu vite...

– Voilà, lui avait-il déclaré. Il faut absolument empêcher ce sentiment d'abandon qui parfois l'assaille et lui donne l'impression que son handicap… enfin, disons, sa situation actuelle fait obstacle à… »

Paul l'avait senti de plus en plus hésitant et circonspect et s'était demandé ce qu'il savait exactement de leurs relations. Peut-être avait-il déjà tout deviné, comme d'ailleurs le reste de la famille.

« Je ne vous demande pas, notez bien, de vous engager à quoi que ce soit auprès d'elle, avait terminé M. de Torgues un peu plus rondement, mais au moins… pendant cette croisière, puisque… vous avez bien voulu manifester à son égard un intérêt qui… enfin, qu'elle a apprécié et qui, d'ailleurs, j'en suis sûr – je le répète –, lui fait du bien, si vous pouviez au moins, oui, tant que nous sommes ensemble et qu'elle vous voit tous les jours… continuer de vous occuper un peu d'elle et lui donner le sentiment qu'elle est une personne… normale, enfin, qu'elle est digne, même ainsi, d'être… je veux dire, de retenir l'attention de quelqu'un, oui, oui, je pense sincèrement que ce serait bien. En tout cas vous avez mon appui total. »

Il avait hésité encore un peu, puis s'était risqué à dire :

« Si, bien sûr, cela devait s'avérer trop dur pour vous, nous trouverions un autre arrangement. »

C'est en voyant Paul sourire – il n'avait pu s'en empêcher – qu'il sut qu'il était peut-être allé trop loin. Il avait l'air de croire qu'il pouvait disposer d'elle – et d'ailleurs aussi de lui – sans se soucier de ce qu'ils pouvaient éprouver l'un pour l'autre.

« Mais je suis sûr que vous êtes exactement ce qu'il lui faut et que vous vous débrouillerez très bien, avait-il rectifié.

– Oh, je ne suis pas certain que les gens soient faits les uns pour les autres, avait dit Paul. Mais Alix mérite qu'on s'occupe d'elle. Je pensais justement que nous pourrions faire ensemble quelques pas dans cette ville et même, peut-être, pousser un peu plus loin. J'avais dans l'idée, voyez-vous, d'entrer dans l'arrière-pays. Peut-être, si nous avons le temps, pourrions-nous aller voir des aurores boréales, ce sont des phénomènes tellement... magnifiques...

– Oui, prenez garde simplement qu'elle ne se sente pas trop… seule devant la nature. Elle est si facilement… déstabilisée…

– C'est promis », avait-il assuré.

À ce moment-là, la cloche du repas avait retenti, ils avaient retrouvé les femmes qui sortaient toutes les trois ensemble de la suite où ils étaient peu avant, et ils descendirent de conserve déjeuner.

Après son brunch, Paul n'avait plus très faim, mais Alix semblait maintenant rayonnante. Dans son dos, tout comme elle, la mer restait muette et l'horizon énigmatique.

Vers quel avenir tout cela l'entraînait-il ? Paul avait eu le vague sentiment qu'un cap ou un détroit avait été franchi et que, comme jadis pour l'équipage de Magellan aux Amériques, il n'y avait pas de retour en arrière possible.

« Dans l'amour, s'était consolé Paul, il y a parfois plus de silence que de parole. Peut-être sera-ce moins difficile que je ne le pense. »

32

Il fut convenu, au cours du repas, qu'ils se sépareraient désormais en deux groupes, Alix et Paul d'un côté, eux de l'autre, afin que son effet roboratif pût s'exercer en toute quiétude. Paul ne pouvait s'empêcher de penser, pour parler vulgairement, qu'ils lui refilaient le bébé, à charge pour lui de le surveiller à leur place. C'était, se disait-il, le prix à payer pour cette liaison inconsidérée qu'il avait appelée de ses vœux puis, par la suite, laissée se développer malgré les avertissements d'Odile et les signes quelque peu inquiétants qu'il avait vus surgir au fil des jours, sans doute un peu trop tard.

Comme si cela avait été décidé de tout temps, Alix, la dernière bouchée avalée, lui avait pris le bras et ils avaient débarqué ensemble, pendant que les autres terminaient tranquillement leur café. Ils devaient pousser des soupirs de soulagement. Ils lui avaient enfin trouvé un chevalier servant à peu près fiable, qui avait au moins le mérite de leur rendre la vie, momentanément en tout cas, plus légère. Ils se moquaient en fait complètement de savoir si Alix devait ou non payer en nature cet accompagnateur idéal et s'il leur faudrait éventuellement ajouter quelque supplément pécuniaire. Ils étaient prêts à tout.

Or cette espèce de « contrat » tacite semblait à Paul parfaitement injurieux.

« Visiblement, m'avait-il confié, il ne leur était pas venu à l'esprit une seule seconde que je pouvais m'intéresser à Alix pour autre chose que pour sa dot ou pour passer la nuit avec elle. Ils ne voyaient pas du tout que ce qui m'avait captivé en elle au départ n'était pas seulement sa beauté en tant que telle, ou pire, son sex-appeal, mais quelque chose d'infiniment plus subtil qui, certes, exerçait une séduction sur moi, mais non pas comme l'attirance triviale qu'un homme peut avoir pour une très belle femme. Je ne veux pas me faire meilleur que je ne suis, pourtant il me semble que ce qui m'avait retenu chez elle, quand je l'avais aperçue pour la première fois sur le pont du *Floréal* ou, plus tard, quand je l'avais revue presque au même endroit dans sa robe du soir, était un sentiment beaucoup plus complexe, une émotion d'une essence plus rare. Ce n'était pas que je fusse, ainsi qu'on le dit aujourd'hui, "sapiosexuel", comme s'il était possible, dans les rapports humains, de faire abstraction des corps. Mais sa présence me réjouissait. Ce que j'éprouvais était en fait une sorte de gratitude à l'égard d'un monde capable de nous offrir, de temps en temps, malgré la fange dans laquelle, ordinairement, il baigne, de tels moments de limpidité. »

« Leur grâce nous allège », avait-il lu quelque part au sujet des jeunes filles. « C'est la jeunesse de Dieu. » Propos masculins, évidemment. Les pieds des danseuses savent à quel prix s'obtient, en général, la légèreté. Les ampoules permanentes, le sang incrusté sous les ongles et les taches brunes au bout des chaussons de danse. Sans compter la fracture toujours possible, quand, en perte d'équilibre, la gravité, suspendue en apparence, se rappelle soudain à votre bon souvenir. Voilà le dessous des pointes, que la finesse des jambes et la gaze, la mousseline ou l'organdi des tutus plateaux ne font oublier qu'au profane.

Paul n'ignorait rien de tout cela, mais ce qu'il croyait voir en Alix était à la fois quelque chose de mystérieux et d'élevé, qui l'appelait aussi – et ce n'était pas quantité négligeable dans le contexte – à un immense respect. Une partie de lui résistait sans doute à une telle exaltation qui pouvait bien – il s'en rendait compte – contenir en elle, outre un reliquat de religiosité, une bonne dose de romantisme – un romantisme adolescent et, pour ainsi dire, immature.

Alix n'était sûrement parfaite que de loin. C'était un être vivant réel, avec toutes les fonctions dont cette condition s'accompagne. Ce n'était ni une déesse, ni quelque apparition surgie d'un autre monde. Elle avait une volonté, des désirs, des colères, des angoisses et, par-dessus le marché, ce handicap qui, si Paul avait bien écouté son père, n'était pas près de se résorber.

Qui plus est, les hommes et les femmes, il ne le savait que trop – et c'était la raison qui l'avait fait s'éclipser dans la nuit –, connaissent des moments délicats, pas seulement au réveil. Il en allait de même, pensait Paul, dans toutes les circonstances majeures de la vie, notamment la naissance et la mort. Quand l'enfant est là à gigoter et à sourire, on oublie comment il est né, et naturellement, c'est heureux. Et quand, de même, nous quittons ce monde si étrange, il faut bien aussi que quelqu'un nous toilette et nous emballe.

Dans ces moments-là, philosophait-il, nos aspirations spirituelles sont loin. Elles n'ont même plus, en vérité, beaucoup de sens, et il nous faut des cérémonies pour sublimer ce qui est en train de se passer et qui n'a rien de très engageant.

La récente pratique de l'incinération, en Occident, lui semblait d'ailleurs témoigner de la volonté idéaliste d'éradiquer ce que la matière peut avoir de trop présent ou de trop pressant en ces circonstances. Il s'agissait de faire promptement disparaître, en le remplaçant par des cendres à peu près propres, c'est-à-dire en lui faisant franchir au pas de course toutes les transformations qui, finalement, le réduisent en poussière, ce que le corps des défunts peut avoir de repoussant...

« On devrait se souvenir de tout cela, me confiait-il, lorsqu'on entame une liaison : l'épaisseur des corps – et pas seulement le bas-ventre, comme le croyait Nietzsche – est ce qui empêche l'homme de se considérer facilement comme un dieu. »

Il le comprenait maintenant mieux que quiconque. Et pourtant, il y avait en Alix quelque chose de si pur et de si diaphane – cela l'avait frappé dès leur première rencontre – qu'elle semblait échapper à l'espace et à la pesanteur. Il n'était pas prêt à renoncer à cela, même s'il savait qu'ils n'étaient ni l'un ni l'autre des anges.

33

Alix, sûrement, concevait tout cela beaucoup moins clairement, bien qu'elle fût une femme et l'ait vu, maintenant, d'un peu plus près que sur une piste de danse, ou nonchalamment installé dans un transatlantique, en train de lui tendre un plaid ou de lui mettre en main une de ses cartes immaculées.

Paul, évidemment, n'était pas seulement cet être respectueux et noble qui l'avait entourée de prévenances sans rien attendre en retour – et qui ne pensait même pas, à ce moment-là, qu'elle en viendrait à s'intéresser à lui, moins encore qu'il finirait par entrer dans son lit. Il arrivait, tout comme elle, d'ailleurs – et d'autant plus que sa vie était plus avancée que la sienne –, avec un passé, une histoire, des forces mais aussi des faiblesses. Et quand même ils auraient été – elle, malgré son handicap, et lui, malgré sa propre habitude de réfléchir au lieu d'agir – plutôt « normaux », aussi normaux, en tout cas, que des humains pouvaient l'être, il leur faudrait, par une série indéfinie d'ajustements et de compromis, s'habituer peu à peu l'un à l'autre et admettre, sinon pour toujours, du moins pour la durée restante de ce voyage et peut-être un peu plus, la présence insistante, et parfois agaçante, d'un autre à leurs côtés.

Il ne cessait de penser à leur avenir, et son visage devait avoir une certaine gravité, car Alix, qui s'était mise à gambader comme une enfant tant elle semblait heureuse de cette promenade, était soudain venue poser une main sur sa face et avait tenté d'effacer les rides dont son front, probablement, s'était couvert, avec l'air de lui demander si ça allait.

« Oui, oui, avait-il répondu en l'embrassant sur la joue. Tout va bien. C'est seulement que je suis un peu fatigué. Tu m'as épuisé, cette nuit ! »

Elle avait ri, lui avait aussitôt pris le bras, et sa joie retrouvée était tout à coup passée en Paul. Elle avait le don de lui faire aimer la vie et presque oublier son âge. Avec les amours débutantes, même si cela ne dure pas, tout devient soudain comme une journée de printemps.

Il y avait sûrement dans cette ville, comme partout du reste, des ruelles sordides et des individus douteux, mais pour l'instant, ils contemplaient les façades colorées du port d'Helsinki. Autour d'eux, des êtres qu'ils ne comprenaient pas, mais qui étaient dépaysants, parlaient une langue bizarre riche en voyelles et, pour l'instant, Paul n'avait plus envie de penser à rien. Il la regardait lui sourire, profitait de la beauté du lieu et du temps, et aussi de cette chance inouïe qu'au fond, malgré les côtés sombres de leur aventure, il avait de se promener au bras de cette nymphe incomparable. En un mot, il était heureux, et espérait bien sûr qu'elle l'était aussi, bref, qu'ils l'étaient ensemble, autre mystère incompréhensible, autre don du ciel qu'il avait finalement accepté pour le meilleur et pour le pire, en espérant que le pire leur serait épargné.

Au lieu de visiter tout de suite des monuments, au lieu de faire ce qu'il avait prévu de faire, il avait au contraire proposé, parce qu'elle était là, qu'ils s'asseyent quelque part à la terrasse d'un café et y boivent un verre. C'était pratique, ils se trouvaient dans la zone euro. Le mark finlandais avait été retiré de l'économie locale depuis 2002, et l'on n'avait plus à hésiter entre les billets, bleu, bleu-vert, brun, rouge ou pourpre de l'ancienne monnaie. Les bars, les boutiques, les restaurants étaient ici des cocons dorés au design particulièrement soigné, et comme dans cette « auberge non pareille » dont parle Lowry dans l'un de ses poèmes, on aurait eu plaisir, pensait Paul, à y rester éternellement.

Et tandis qu'ils goûtaient la fameuse liqueur noire Salmiakki Koskenkorva, mélange de vodka et d'une composition à base de sirop de glucose et d'extrait de réglisse additionnée de chlorure d'ammonium (Salmiakki en finnois) – il lui avait parlé d'Alvar Aalto, cette figure emblématique du fonctionnalisme architectural et elle avait bu ses paroles tout autant que la liqueur, tandis qu'ils regardaient les gens passer et envisageaient d'aller pique-niquer, le lendemain, dans l'une des trois cent trente îles qui les attendaient. Certaines, Paul le savait, étaient desservies par un bac du matin au soir et ils pourraient s'y transporter à tout instant.

« On devrait aussi aller au sauna, hein ? Qu'en penses-tu ? lui avait-elle écrit.

– Oui, avec plaisir, avait-il répondu. Il n'a sûrement rien à voir avec le hammam du bord. »

Et ses yeux brillaient comme si, de nouveau, elle avait eu de la fièvre.

Ils étaient allés faire les boutiques finlandaises historiques (*Marimekko*, sa vaisselle et ses linges de maison aux coquelicots étincelants, *Stockmann*, *Lokal* et *TRE*, dans lesquelles, il le voyait avec quelque inquiétude, Alix cherchait déjà des objets pour meubler quelque futur appartement), puis avaient rejoint la place du marché, paisible et mystique, avaient longé la plage de Kustaanmiekka, où il l'avait empêchée de se baigner – l'eau devait être encore plus froide qu'à Tallinn –, et avaient terminé au restaurant *Piper*.

Ils étaient convenus de garder le sauna pour le lendemain soir. Ils auraient l'embarras du choix. D'ici là, ce n'étaient pas les attractions qui manquaient : le port de pêche du quartier de Kalasatama, les marchés, avec leurs arrivages de produits frais, les établissements en bord de mer : le café *Ursula*, par exemple, au pied du parc Kaivopuisto, ou le *Regatta*, avec ses brioches à la cannelle – et l'eau en venait à la bouche –, ou encore le *Shelter*, le soir, seulement pour les amoureux.

« On n'ira pas dans ce dernier, plaisantait Paul, il n'est pas fait pour nous... »

Elle l'avait regardé, soudain anxieuse, puis lui avait donné une légère tape sur la joue. « Idiot ! lui avait-elle écrit de façon enfantine sur un de ses bouts de papier, la prochaine fois, c'est un gage ! »

Malgré le soleil qui ne faiblissait guère avant minuit – et pour ce soir au moins –, ils avaient évité d'aller faire la fête avec les Finlandais dans un de leurs night-clubs à la mode – *We Got Beef*, *Kaivohuone*... – où ils auraient pu, en d'autres temps, se serrer de façon insouciante l'un contre l'autre.

« Et, d'après le guide, il y a même des bars à karaoké, lui avait-elle écrit à la hâte. Tu pourras aller chanter si tu veux.

– Pas en finlandais, avait-il déclaré. Les seuls mots qui me reviennent – il avait eu soudain une illumination – sont : “Minä rakastan sinua”.

– Ça veut dire quoi ? avait-il lu sur son papier.

– Je t'aime.

– Je suis sûre que tu sais le dire dans toutes les langues, horrible individu !

– Mais non, avait-il répondu, mais non. Dans cinq ou six seulement. »

Elle avait pris le plan et s'en était servie pour le frapper gentiment au sommet du crâne, afin de bien le persuader que tout ça, désormais, c'était fini.

Il avait ri et s'était dérobé, mais la remarque d'Alix, après coup, lui avait rappelé une chanson des sixties : *Mister John B.* Il y avait un passage où Sylvie Vartan chantait précisément ceci :

La rose des vents, tu l'as effleurée
L'alcool a coulé, l'argent est passé
Tu dis « je t'aime » dans toutes les langues,
Mr John B
Mais qui cherches-tu sur le quai là-bas ?
On n'attend pas
Un garçon comme toi

Et le dernier couplet lui était aussi revenu en mémoire :

Aujourd'hui ton bateau revient
Alors tu te souviens
Qu'une fille t'attendait ici, Mr John B
Pourtant sur le quai
Regarde elle est là
Un garçon comme toi ne la mérite pas

Bien qu'il eût sûrement moins bourlingué que le fameux « sloop *John B* » – car le *John B*, au départ, était un bateau et non un homme –, il se demandait maintenant s'il méritait vraiment Alix. Ou plutôt, comme dans ces jeux télévisés qu'on regarde souvent par paresse ou pour se délasser, il cherchait à savoir si c'était bien elle le débarcadère, la fin de l'errance, le terme de son histoire trop bavarde. Une vague nostalgie avait envahi le « bachelor », faite d'un mélange vaporeux de souvenirs de jeunesse, de soirées confuses et d'anniversaires arrosés, où flottait encore dans l'air un parfum de Beach Boys et de Moody Blues : *California girls* et *Nights in white satin*. Des musiques qu'aimait certainement son père et qui avaient bercé son enfance. Ce n'était pas si loin, tout ça.

En se promenant main dans la main, ils avaient fini par atteindre le cœur de ville, étaient passés devant le théâtre national gardé par la statue du père de la littérature finlandaise moderne, Aleksis Kivi, qu'ils avaient salué de loin. À deux pas, ils avaient emprunté la rue Mannerheimintie, la plus longue rue de la ville, qui débouchait sur la rue Aleksis – les Champs-Élysées d'Helsinki –, où ils étaient entrés dans la sublime librairie *Akateeminen Kirjakauppa*, feuilletant, çà et là des ouvrages en français. La rue Aleksis les avait menés ensuite, à travers une foule assez dense, jusqu'à l'esplanade, où ils s'étaient reposés sur la pelouse, au milieu de jeunes étudiants finlandais. Ils avaient terminé par le parc Sibelius et son fameux monument en forme d'orgue, composé de cinq cent quatre-vingts tubes d'acier.

« On sera là à nouveau demain, de toute façon », avait dit Paul, qui sentit soudain monter l'émotion sur le visage d'Alix, quand ils croisèrent des mariés à proximité d'une cathédrale.

34

Ils étaient rentrés vers dix heures du soir, fatigués, fourbus même, mais contents. Les parents d'Alix s'étaient bien un peu inquiétés, surtout sa mère, qu'Odile s'était efforcée d'apaiser comme elle pouvait, mais au fond ils étaient très heureux que leur fille arborât une mine aussi réjouie. Le malaise du matin semblait oublié, les journées difficiles s'éloignaient, ils convenaient que Paul lui faisait du bien et l'encourageaient à poursuivre.

Alix paraissait moins renfermée, même avec son père – auquel elle témoignait toujours une certaine froideur – « Les femmes sont toujours plus proches de leurs mères, ou même de leurs tantes », se rassurait Paul – et tout semblait, par conséquent, aller pour le mieux.

Après qu'ils eurent bu quelques cocktails, alors qu'ils demeuraient dehors, sur le pont supérieur, à la terrasse du bar qui restait ouvert tard dans la nuit, la soirée traîna encore un peu, puis ce fut l'heure d'aller se coucher. Paul avait besoin de sommeil, tout cela faisait beaucoup d'émotions pour lui aussi. En particulier, il ne pouvait s'empêcher de se projeter au-delà de cette croisière et de penser aux bouleversements possibles que cette aventure avec Alix allaient amener dans sa vie – quand M. de Torgues, soudain, se mit à l'interroger sur sa famille et ses origines.

Ils venaient d'achever une conversation sérieuse, où Paul s'était risqué à lui demander quelles avaient été ses activités avant qu'il ne prît sa retraite, et le père d'Alix l'avait informé qu'il avait d'abord fait du sport dans sa jeunesse – du sport automobile ; puis qu'il avait été administrateur de biens, plus précisément gestionnaire de fortune, ce qui semblait, sinon l'avoir enrichi, du moins l'avoir conforté dans la sienne. Paul devinait, derrière certaines de ses allusions, un manoir familial dans le Poitou, ainsi qu'une villa plus modeste – une dizaine de pièces seulement, d'après ce qu'il avait pu reconstituer – située sur la côte vendéenne. Thibault de Torgues appartenait visiblement à un monde où l'on héritait de père en fils de blasons, de châteaux, de terres, de chasses, et qui était tout aussi étranger à Paul que, vingt ans plus tôt, « le monde du cheval » d'Émilie et d'Odile. Pourquoi fallait-il qu'il fût à ce point fasciné par les nobles et la richesse pour tomber chaque fois – ou disons, plus souvent que les probabilités n'auraient pu l'expliquer – sur des femmes issues de ces milieux-là ? C'était pour lui une énigme.

Toujours est-il que le père d'Alix, désormais, s'efforçait de se renseigner sur lui d'un peu plus près que ne l'avait fait, sans doute, Odile – qui, elle, au vu de sa carte mensongère, l'avait aussitôt rejeté, sans aller voir plus loin…

Paul en était à chercher, dans les biens qui appartenaient à sa famille, ceux qu'il aurait pu mentionner sans trop faire tache – une propriété agricole vendue avant guerre du côté paternel (en fait, une vulgaire ferme qui ne nourrissait pas son homme), une demeure en Savoie et un appartement à Lyon du côté maternel (des horreurs dont, du reste, il s'était séparé). Du même côté, Paul pouvait tout de même évoquer sans crainte la figure tutélaire de son grand-père, militaire de carrière et colonel de réserve. Il s'apprêtait à lui servir ça sur un plateau (on a toujours du respect pour l'armée et les ordres dans l'aristocratie), quand il l'entendit soudain déclarer :

« Vous m'avez bien dit qu'un de vos ancêtres s'appelait de Torgues et qu'il a pris ensuite un surnom... latin ou italien ? Ça se passait à quelle époque ?

– Ma foi, dit Paul, il faudrait que je vérifie. A priori, je dirais XVIIe ou XVIIIe siècle. »

M. de Torgues avait réfléchi quelques instants, et Paul l'avait vu un peu hésiter avant de se décider à reprendre la parole. Il avait dû sentir que son propos risquait d'être mal accueilli ou mal interprété, ou encore qu'il était, à tout le moins, prématuré :

« Je me renseignerai, avait-il dit. Mais peut-être pourriez-vous en faire état pour récupérer ce nom-là ? »

Heureusement qu'Alix, à ce moment-là, tenait Paul par la taille, car il en serait tombé de sa chaise. Il eut beaucoup de mal à feindre une indifférence consommée.

« Mon Dieu, avait observé Paul, c'est un très beau nom, bien sûr, et d'ascendance ancienne : je parle du vôtre. Mais ne craindriez-vous pas, si je devenais votre... homonyme, qu'il y eût confusion ? »

Ayant dit cela, il s'était mordu les lèvres. Dans l'esprit du père d'Alix, il ne pouvait évidemment y avoir la moindre confusion, tant la distance qui les séparait était grande. Or, à la surprise de Paul, il avait eu une réaction totalement opposée à ses prévisions :

« Et si cela était, lui avait-il dit. Où serait l'inconvénient, je vous le demande ? »

Paul n'en croyait pas ses oreilles. À supposer que cette idylle de quelques jours avec sa fille dût déboucher sur des épousailles, il envisageait ni plus ni moins qu'une Alix de Torgues épousât un homme lui permettant de garder son nom – c'est-à-dire le nom de sa famille, celui de sa lignée, le sien –, fût-ce au prix d'un discret tour de passe-passe. « Elle a épousé un cousin éloigné », Paul devinait déjà ce qu'il pourrait dire en pareille circonstance – et ni vu ni connu. Évidemment, ce nom-là avait bien plus d'allure que le sien, avec lequel Alix allait, en cas de mariage, s'enfoncer dans une roture irrémédiable.

« Il y a tout de même un ennui, avait-il objecté. Je suis l'auteur de quelques publications, qui sont parues sous mon patronyme actuel. Comment faire, dans ce cas-là ?

– Ma foi, avait réfléchi M. de Torgues, c'est un peu comme lorsqu'une femme se marie et qu'elle a pu commettre, comme vous, quelque écrit sous un nom antérieur – son nom de jeune fille, en l'occurrence. Les spécialistes le savent. Mais, pour les autres, on n'en parle plus. »

Paul se doutait, d'ores et déjà, que son nom avait peu de chances de passer à la postérité. Il n'en concevait, du reste, nulle amertume : c'est le jeu, quand on publie, et chacun sait que c'est à l'histoire de faire son tri. Mais, il ne savait pourquoi, la proposition de Thibault de Torgues ou, disons, sa suggestion, le gênait. Elle avait quelque chose de – comment dire ? – un peu trop endogamique. Le père d'Alix avait dû sentir qu'il s'était peut-être aventuré un peu loin en anticipant des futurs aussi radieux.

« C'était une idée comme ça, l'avait-il tranquillisé en trinquant une dernière fois à la santé d'Alix et à la sienne. Réfléchissez-y. On en reparlera peut-être. De toute manière, je me suis laissé dire que, dans un avenir proche, les enfants pourraient choisir de porter le nom de leur mère, et peut-être même les maris le nom de leur femme… »

35

Ils s'étaient bientôt retirés, sa femme et lui, ainsi qu'Odile, en leur souhaitant une bonne nuit. Mme de Torgues avait cru bon de sermonner une dernière fois sa fille : après le malaise de ce matin et cette longue journée dans les rues d'Helsinki, elle ferait bien de prendre un peu de repos. Une bonne nuit, rien de tel pour vous remettre d'aplomb. Cela semblait suggérer qu'elle dormît seule dans sa suite et, pour une fois, Paul ne lui avait pas donné tort.

Peu après leur départ, cependant, Alix avait sorti son carnet et avait écrit à Paul, d'un air un peu inquiet, la phrase suivante :

« Est-ce que je pourrais venir dormir dans ta cabine ? »

Bien sûr, Paul n'avait pas soulevé d'objections majeures, mais avait observé qu'ils y seraient peut-être un peu à l'étroit : il ne disposait que d'un lit en cent quarante, contre son cent soixante avec super-matelas qui avait fait, la nuit précédente, indépendamment du confort qu'il avait donné à leurs ébats, tous ses délices. Il avait du mal à comprendre pourquoi elle tenait à venir chez lui, dans un espace plus réduit et doté d'un couchage moins douillet. Il s'était dit qu'elle pensait peut-être ainsi éviter qu'il ne disparût soudain en pleine nuit. Mais, cette fois-ci, la situation était bien différente et il n'y avait pas de raison qu'il le fît. Paul lui avait donc assuré que, même s'ils dormaient chez elle, il y resterait jusqu'au matin. Elle avait paru contrariée et avait encore insisté. Sur un nouveau papier, elle avait écrit, cette fois-ci :

« S'il te plaît (souligné deux fois), chez toi ! »

Il s'était laissé fléchir et elle avait paru soudain soulagée. Il avait alors pensé – puisqu'il ne pouvait plus s'agir d'éviter sa fuite – qu'elle voulait sans doute se rapprocher d'un monde différent du sien et qui, peut-être, lui semblait aussi inquiétant qu'attirant. Et comme certains notables d'autrefois, qui cherchaient à s'encanailler en fréquentant des bistrots louches, peut-être s'était-elle imaginé que sa cabine lui donnerait l'occasion d'un petit frisson ?

Cette idée déplaisante l'avait poursuivi quelques instants, jusqu'à ce qu'il juge cette élucubration parfaitement absurde. À part les dimensions de la pièce et celles du lit, les cabines du *Floréal* étaient pratiquement aussi luxueuses que les suites. Toutes disposaient de balcons qui donnaient sur la mer et l'on y jouissait d'un confort à toute épreuve : en témoignaient la salle de bains avec baignoire, les toilettes indépendantes, le mini-bar où dormaient toutes sortes d'alcools et même d'en-cas régulièrement remplacés, enfin, la climatisation qui y maintenait une température agréable et constante, et cela, quels que fussent les caprices des météores…

Alors quoi ? Quelle pouvait bien être la raison de sa demande ? Après tout, elle avait peut-être tout simplement dans l'idée de changer d'atmosphère ou, plus prosaïquement encore, de découvrir le point de vue qu'on avait de cet endroit sur le bateau et la mer. Puisqu'elle n'avait pas le pied marin – ainsi que l'avait rapporté sa mère – elle pouvait s'être dit également que, la cabine de Paul étant située plus bas que sa suite, c'est-à-dire plus près du centre de gravité du bateau, on y roulait et tanguait un peu moins qu'en hauteur.

Paul avait fini par renoncer à chercher des explications. Il l'avait à nouveau embrassée sur la joue pour lui signifier que la cause était entendue et lui avait proposé de passer tout de même dans sa suite chercher ses affaires de toilette et son affriolante nuisette.

« Il faut absolument que tu la mettes, avait-il dit. Je me ferai une joie de te l'ôter.

– Oh, mais tout ça est sans importance, lui avait-elle écrit. Ça peut rester là-haut. Puis, tu peux me prêter une chemise. Je suis aussi très sexy avec une chemise d'homme... »

Elle n'avait décidément pas envie de remonter. La suite, avait pensé Paul, lui rappelle trop ses problèmes. Après tout, ce choix le rendait plutôt heureux. C'était pour elle comme si elle avait tourné la page et qu'une nouvelle vie commençait.

Arrivée dans la cabine, elle avait rapidement fait le tour des lieux puis, s'arrêtant devant Paul, lui avait écrit, de façon un peu inquiète :

« Ça ne te gêne vraiment pas que je ne puisse pas parler ? »

Paul avait répondu :

« Je vais te raconter une histoire juive, un petit récit que je tiens de Martin Buber. Un jour Rabbi Mendel et Rabbi Éléazar, deux chefs de la communauté hassidique, se rencontrèrent sans témoins. Ils gagnèrent une chambre comme celle-ci, s'y assirent l'un en face de l'autre et se turent une heure durant. Puis ils laissèrent entrer les autres. "Nous avons fini", expliqua Rabbi Mendel. Nous non plus, tu vois, n'avons pas besoin de parler pour nous comprendre.

– Très bien, avait-elle alors minaudé sur son carnet en parfaite intelligence avec lui. Si la parole n'est que le seuil du silence, alors tais-toi ! Tais-toi, pour que je t'entende ! »

36

Elle avait parfois gémi dans son sommeil, dans ce lit plus étroit que le sien et dont elle n'avait pas l'habitude, mais, à chaque demi-éveil, comme sa main tâtonnante trouvait toujours le corps de Paul à ses côtés, lequel, chaque fois, lui offrait de rassurantes caresses, tout, finalement, s'était bien passé. Fatigués de la journée, ils s'étaient promis de dormir d'abord et de faire l'amour seulement au matin, ce qui d'ailleurs arriva comme prévu. Cela ne les avait pas empêchés, le soir même, de se câliner tendrement, et il la sentit plutôt confiante et détendue, de sorte que, le lendemain, ils étaient tous deux en pleine forme.

« C'est ma “première nuit de tranquillité” », avait curieusement écrit Alix sur un de ses bouts de papier, et Paul s'était demandé pourquoi elle avait mis des guillemets.

Ils avaient décidé, ce jour-là, de sacrifier vraiment à leurs obligations touristiques, choses qu'ils allaient faire en famille car M. de Torgues avait inscrit tout le monde pour l'excursion du jour, y compris Paul. Celui-ci aurait préféré qu'il n'en fût rien et avait bien essayé, à défaut, de payer sa quote-part, mais le père d'Alix lui avait rétorqué d'un ton sans réplique qu'il n'en était pas question. Paul était leur invité. Il en avait décidé ainsi, point barre.

« Laisse-toi faire, lui avait écrit Alix. Dans ces cas-là, mieux vaut ne pas lui résister. »

Paul, qui détestait les sorties familiales, avait donc eu droit à une de ces promenades qu'affectionnent, généralement, les voyageurs grégaires. C'était la deuxième du genre, après celle de Tallinn, mais à Tallinn il avait pu s'éclipser un moment – celui où il avait soudain découvert Alix en maillot de bain sur la plage –, tandis que là, elle était à ses côtés et il n'y avait pas d'échappatoire.

« Je ne dirais pas, m'avait confié Paul, que nous ayons parcouru, ce jour-là, les cinquante-neuf quartiers d'Helsinki, mais nous vîmes d'un seul coup tout ce que nous avions évité la veille. »

M. de Torgues, mû par Dieu sait quelle volonté d'exhaustivité, les avait fait quitter rapidement le groupe du *Floréal* et un guide trop lent à son gré, entraînant tout son monde dans un marathon endiablé. On se demandait ce qu'il avait mangé pour être aussi actif, impétueux, frénétique même.

Voulant suivre l'ordre chronologique, il avait demandé à ce qu'ils visitassent d'abord ce qu'il croyait être la vieille ville (Vanhakaupunki), et où devait se trouver, d'après lui, l'église la plus ancienne du lieu. Ils passeraient ensuite progressivement aux quartiers d'urbanisation plus récente (Koskela, Katajanokka, etc.).

Mais, en réalité, il n'y avait dans ce faubourg, en fait d'église, qu'une simple plaque commémorative. D'ailleurs, il ne fallait pas chercher à retrouver un passé très ancien ici, vu les vicissitudes que le pays tout entier avait subies au cours du temps. D'abord suédoise, puis russe, la Finlande avait pâti de ses envahisseurs. Helsinki, largement construite en bois, avait d'ailleurs plusieurs fois brûlé. Au XIXe siècle, dans le contexte du retour à l'Antique, elle avait été réorganisée géométriquement avec de larges avenues, à la façon des anciennes cités grecques, de sorte que tout ce qu'on voyait actuellement dans la ville n'était pas antérieur aux années 1800.

M. de Torgues avait semblé un peu déçu, raison pour laquelle, sans doute, il avait parcouru cette cité à toute allure, comme pour se débarrasser du problème. Mais qu'allait-il faire par la suite ? Paul se le demandait, en le voyant enchaîner comme un automate les sites les plus divers, desquels il prenait des photos rapides : l'esplanade d'Helsinki, la place du Sénat, le port où était ancré le *Floréal*, et ce n'était pas tout.

Ils avaient continué par la cathédrale Uspenski, rose avec ses clochetons verdâtres, le théâtre national qu'ils avaient aperçu la veille, divers bâtiments et quartiers ouvriers ou bourgeois, dont Kamppi et son centre commercial, concession pour que ces dames pussent faire quelques achats. Torgues avait tenu à terminer par le *Casino* et le *Gentlemans Club* de

Punavuori à Ullanlinna, où il avait vainement cherché des falaises qui ne sont plus visibles aujourd'hui.

Tout cela au pas d'un alpiniste en mal de record. Il avait épuisé sa femme et sa belle-sœur. Et même Alix et Paul, qui étaient plus jeunes, avaient de la peine à le suivre.

Ils étaient absolument exténués, le ventre vide – car, dans ce parcours débridé, à part un coca et des gâteaux, ils n'avaient eu le temps ni de manger, ni de boire, de sorte que cela avait été un soulagement de se retrouver *in fine* au restaurant du bord. Le repas avait été pris, lui aussi, à toute vitesse, car ils étaient en retard, et Alix et Paul avaient gagné aussitôt après la cabine de ce dernier, où ils s'étaient endormis presque tout de suite – complètement épuisés. Peut-être était-ce d'ailleurs le but de cette opération…

37

Paul s'était cependant éveillé au bout d'un moment avec le sentiment de n'avoir pas assez dormi. Il pouvait être deux ou trois heures du matin à vue de nez, et l'on frappait à la porte. Il était allé ouvrir. C'était M. de Torgues, en robe de chambre, un peu échevelé et visiblement inquiet.

« Ah bon, avait-il fait en jetant un coup d'œil dans la cabine, Alix est là. Comme elle n'était déjà pas dans sa suite la nuit dernière, je me suis un peu affolé. »

Il semblait tenir dans sa main un objet qu'il agitait sans cesse, souhaitant sans doute que Paul le remarquât.

« C'est une vieille peluche. Je sais qu'Alix, d'habitude, ne peut pas dormir sans. Donnez-la-lui de ma part », lui avait-il dit à mi-voix.

Après quoi, il avait battu en retraite sans même s'être excusé de l'avoir tiré du lit.

Évidemment, Paul s'était bien gardé d'éveiller Alix, qui dormait du sommeil du juste, et avait trouvé que son père poussait un peu loin sa surveillance. Il avait eu du mal à se rendormir car cette irruption inattendue lui avait semblé non seulement indiscrète, mais quasiment pathologique. Vu son état d'excitation, le pater familias ne lui avait pas paru dans son état normal.

Au matin, Alix avait tranquillement ouvert les yeux et, découvrant son doudou que Paul avait placé, bien en évidence, sur le lit, à côté de son oreiller, elle s'était exclamée, par papier interposé.

« Oh, tu l'as trouvé ! Comme c'est gentil ! »

Paul lui avait dit que c'était son père qui l'avait apporté dans la nuit. Son regard, aussitôt, s'était assombri.

« Ce n'est pas possible, avait-elle écrit. Il recommence ! »

Paul avait eu soudain l'intuition d'un drame terrible, et qui ne devait pas dater de la veille.

« Il recommence quoi ? » avait-il demandé.

« À venir me voir la nuit », avait-elle écrit.

Paul avait eu très envie de l'interroger plus avant et une question, surtout, lui brûlait les lèvres : « Il vient la voir pour faire quoi ? »

Mais il n'avait pas osé aller plus loin, de peur de déclencher une crise dont il commençait peut-être à percevoir quelles pouvaient être les causes profondes. À la place, il avait simplement dit, d'un ton qui se voulait léger :

« Oh, les pères sont incorrigibles. Ils ne se résolvent jamais à voir leurs filles grandir. »

Il avait enchaîné en racontant le rôle, à son avis néfaste, qu'un sien parent avait joué auprès d'une cousine, limitant ses sorties, l'interrogeant sur ses fréquentations, dénonçant sa conduite quand elle lui semblait trop libre et rejetant globalement tous les fiancés potentiels qu'elle pouvait lui présenter et qui n'étaient naturellement jamais à son goût. Comme sa vieillesse s'était prolongée jusqu'à quatre-vingts ans et plus, il avait ainsi peu à peu gâché sa vie.

« Il faut agir tout de suite, et fermement, lui avait-il recommandé. Sinon, il va te transformer en vieille fille. »

Bien entendu, le conseil ne s'appliquait guère dans son cas. Elle n'avait que vingt-deux ans et sa vie, selon une expression à moitié juste, était encore « devant elle ». Mais son badinage avait semblé la soulager. Elle lui avait écrit à la hâte :

« Mais non, c'est fini, maintenant, puisque tu es là ! »

Suivant son idée première, Paul s'était dit qu'elle avait dû redouter, un instant, qu'il eût découvert quelque secret familial qu'elle préférait sans doute garder pour elle, tant il devait être lourd. Mais il commençait à comprendre les propos sibyllins d'Odile, « Vous ne savez pas où vous mettez les pieds », et se demandait aussi, par la même occasion, ce qui avait bien pu se passer dans cette voiture, lors de l'accident d'Alix, et qui, entrant sans doute en résonance avec certaines craintes, avait été tellement violent qu'il en était devenu inexprimable et lui avait coupé la parole au sens propre, l'empêchant pour longtemps – peut-être à jamais – de la retrouver.

38

Le lendemain matin, au petit déjeuner, M. de Torgues semblait avoir recouvré ses esprits et son calme habituel. Mme de Torgues nappait religieusement ses Krisprolls de marmelade d'orange et Odile se réjouissait à demi-mot du temps, plutôt gris et froid, qui s'était installé et ne permettrait pas, en tout cas s'il durait, une équipée aussi fatigante que celle de la veille.

« J'espère que vous serez plus raisonnable aujourd'hui, disait-elle à son beau-frère.

– Petite nature ! » commentait celui-ci dans sa moustache en feuilletant un atlas où se trouvaient représentées la Finlande, son relief et ses routes principales.

C'est alors que Mme de Torgues, sortant de son apathie coutumière, s'était soudain tournée vers Alix et Paul, comme s'il était désormais acté que leurs destins fussent inséparables.

« Et, pour vous, qu'est-ce qui est au programme aujourd'hui ? » leur avait-elle demandé mi-inquiète, mi-résignée, tout en les enveloppant de sa molle curiosité.

Paul avait expliqué qu'ayant fait retenir, de longue date, une automobile de location, il pensait accomplir un petit voyage dans le nord du pays. Un peu plus au nord, en tout cas. Évidemment, il ne pourrait pas aller jusqu'en Laponie, il n'aurait pas le temps, et même la limite du cercle polaire allait être encore trop éloignée. Puis, par un temps pareil, pas d'aurores boréales en vue. En revanche, avait-il détaillé, Hämeenlinna était à un peu plus d'une heure de route et il pourrait peut-être pousser jusqu'à Tampere pour revenir ensuite par Turku, cela ferait un petit circuit. Il avait ajouté qu'il en avait parlé à Alix qui voulait bien l'accompagner.

« Mais, bien sûr, avait-il assuré – englobant dans sa proposition aussi bien les Torgues qu'Odile –, c'est avec plaisir que je vous emmènerais aussi si vous en manifestez le désir.

La voiture que j'ai louée devrait pouvoir contenir cinq personnes : c'est une Nissan Qashqai.

– Peut-être allons-nous prendre aujourd'hui un jour de repos, marmonna M. de Torgues. D'ailleurs, nous avons presque tout vu hier et, si je puis vous dire le fond de ma pensée, il n'y a sûrement pas grand-chose de plus à découvrir dans ce pays. À part peut-être le Grand Nord, mais vous n'aurez pas le temps d'aller jusque-là si j'en juge d'après la carte. Pour le reste, c'est forêt, taïga et toundra *ad libitum*. À mon avis, ça ne vaut pas la peine de se déplacer. »

Comme s'il vivait soudain une phase de désenchantement après l'excitation de la veille, il avait reposé, d'un air abattu, l'atlas qu'il tenait jusque-là en main et, démoralisé, contemplait maintenant avec ennui cet objet désormais inutile et qui ne semblait lui inspirer qu'amertume et désappointement.

« Ne les découragez pas ! était intervenue Odile. Ils ont peut-être envie de voir des ours et des gloutons. Ou alors les rennes du Père Noël, avait-elle ajouté de façon ironique. À moins que… – elle avait adressé à Alix et Paul un clin d'œil coquin – à moins que vous n'alliez vous-mêmes faire les lapins arctiques dans les fourrés. La Laponie, c'est le pays des lapins, non ? »

Paul, imperturbable, avait déclaré que le nord de la Finlande contenait, en effet, une faune très sauvage – y compris des lièvres, des renards et des lemmings – et qu'il leur serait certainement agréable de les voir. Cela dit, il n'était pas question d'aller au Cap Nord, ni même à Rovaniemi, la porte d'entrée de la Laponie.

« À propos, avait-il ajouté, "Lapon" n'a rien à voir avec "lapin". Cela signifie "porteur de haillons", en suédois. C'était un terme péjoratif pour désigner les Samis. »

Alix, qui avait assisté à cette conversation sans rien écrire, ni même communiquer en langage des signes avec sa mère, n'avait pas pu s'empêcher de pouffer à l'écoute des sottises d'Odile. Pour lui éviter une trop grande humiliation, elle avait rapidement écrit sur son carnet, à l'attention de sa tante, une phrase qui avait un peu ébranlé Paul.

« Vous avez raison, Papa et toi, ça vaudrait vraiment la peine d'aller voir le nord du pays.

Mais ce n'est pas une voiture qu'il aurait fallu louer, c'est un avion ! »

Paul savait qu'effectivement, dans ces régions aux réseaux routiers peu denses comme l'Alaska ou le nord de la Finlande, on utilisait volontiers, pour se déplacer, de petits hydravions qui avaient le double avantage, l'hiver, d'éviter les congères, et l'été, de pouvoir se poser sur les lacs. Et il lui aurait été évidemment agréable de parcourir ainsi, d'un seul coup d'aile, les vastes étendues inhabitées de ce pays tranquille, de survoler ses forêts, ses champs de fleurs et ses élans, et de se poser, au terme d'un vol sans histoire, sur l'un de ces lacs magnifiques – tel le merveilleux lac Inari – pour y goûter la solitude des oiseaux dans les grands espaces. Il avait regardé Alix, dont l'élégance aérienne convenait à un tel projet, et avait regretté, pour la première fois de sa vie peut-être, de n'avoir jamais eu assez d'argent.

C'est alors que les haut-parleurs du bar, qui diffusaient jusque-là une musique d'ambiance insipide, avaient laissé place à une chanson qui lui avait paru de circonstance. La voix nasillarde de Bob Dylan s'était élevée, tout à coup, dans le silence, et une bouffée de nostalgie avait soudain assailli Paul.

If you're traveling down to the north country fair
The winds hit heavy on the borderline
Remember me to one who lives there
She once was a true love of mine

Il avait trouvé sa « fille du Nord », oui, sa « *girl from the north country fair* », mais il risquait aussi de la perdre très vite, et pour une raison injuste : par manque de moyens. Pourtant, la chanson se poursuivait, et tout était dit.

Would you see if she has a coat so warm
To keep her from the howling winds
Would you see for me if her hair hangs long...

Il l'avait, lui aussi, protégée du froid et du vent, et se souviendrait toujours de ses longs cheveux tombant sur ses reins, lorsqu'il l'avait découverte sur le pont du *Floréal*. La chanson se poursuivait, tandis que, les yeux dans le vague, c'était en lui-même, maintenant, que Paul regardait.

I'm a-wondering if she remembers me at all
Many times I've often prayed
In the darkness of my night
In the brightness of my day

Et il se disait également : « Si jamais je la perdais, oui, moi aussi je prierais sans doute nuit et jour en me demandant si, d'aventure, elle se souvient encore de moi. Voilà ce qui vous arrive quand on se promène, là-bas, vers le nord, où les vents soufflent sur la frontière… »

39

Faute d'avion, ils étaient partis en voiture après avoir récupéré la Qashqai chez Scandia Rent, un loueur local qui avait semblé à Paul moins cher qu'Avis ou Europcar. Le plein étant fait, il n'y avait qu'à conduire. D'après la carte, pour atteindre Hämeenlinna, à partir du nord d'Helsinki, il fallait suivre la direction de l'autoroute E12. Après quoi, il suffisait d'emprunter celle-ci et de continuer jusqu'à la sortie 24, qui était celle de Tavastehus.

Le temps était gris, mais il ne pleuvait pas. Le voyage s'annonçait bien. À défaut d'aller à Porvoo, ce qui les aurait trop déroutés, Paul serait tout de même bien passé à Vantaa, lieu où était né Hintikka. Mais il fallait quitter l'E12 et il n'avait pas beaucoup de raisons d'aller visiter cette ville : à part l'aéroport international d'Helsinki-Vantaa – et justement, il était inutile de rappeler à Alix la possibilité d'y louer un avion – il n'y avait rien qui valût la peine du détour. Il ne voulait pas non plus lui imposer des pèlerinages qui ne concernaient que lui. Ils allaient déjà sortir à Tavastehus, ville de naissance de Sibelius, dont il n'était pas très sûr qu'Alix aimât la musique, il ne fallait pas exagérer...

Tout se passa comme prévu tant qu'ils furent sur l'autoroute. Ils traversaient une plaine bordée de sapins et de petits lacs, et Alix semblait se détendre au fur et à mesure qu'ils s'éloignaient d'Helsinki et du *Floréal.* Puis ils arrivèrent à Hämeenlinna, où Paul eut un peu de mal à s'orienter. C'était jour de marché et la place du marché, justement, était encombrée de piétons, de stands de victuailles et de voitures apportées là par les commerçants. Le bâtiment ocre-rouge de la mairie et l'immeuble attenant, plutôt crème, étaient devenus les parois d'une ruche bourdonnante dans l'enceinte de laquelle, désormais, ils étaient pris sans pouvoir s'en échapper.

Paul voyait monter l'angoisse sur le visage d'Alix. Il finit, heureusement, par sortir de cet embouteillage sans avoir perdu trop de temps. Parmi les monuments à voir, il y avait différentes églises, ainsi que la maison natale de Sibelius, un bâtiment rectangulaire en bois qui accueillait aujourd'hui des concerts, mais pour lequel, à sa déception, une visite aurait été sans intérêt.

Il y avait aussi différents châteaux et manoirs. Le plus charmant – bien qu'il eût connu, autrefois, des jours sombres – était le château médiéval du Häme, en bordure du lac Vanajavesi, dont la construction remonte au Moyen Âge. À l'origine sur une île – depuis rattachée à la terre ferme –, ce château, d'abord en pierres grises puis en briques, était l'un des mieux préservés de la région. Paul aimait son plan carré, son allure sobre, d'inspiration allemande, qui faisait penser aux châteaux des pays baltes et le mettait à égalité avec ceux de Turku et de Viipuri, plus exposés car plus près de la frontière suédoise. L'édifice s'était quand même lentement abîmé au fil des siècles, mais Gustave III de Suède l'avait fait réparer, fortifier, et munir de remparts et de douves à l'italienne.

Le guide leur avait confié que, peu après, Engel, l'architecte d'Helsinki, en avait fait une prison pour femmes, ce qui avait beaucoup ému Alix, surtout quand elle avait appris qu'une prisonnière, qui gardait jusque-là le silence, avait fini par faire des aveux quand, en récompense, on lui avait promis qu'elle quitterait le château. Paul se faisait fort, s'il était assez habile, de lui soutirer lui aussi des confidences : peut-être la libéreraient-elles, et du carcan où l'enfermait son père, et de ce sortilège qu'était son mutisme...

Ils avaient rapidement visité le musée et Paul avait acheté, dans la boutique attenante, la reproduction d'une bouteille de vin du XVIIIe siècle pour M. de Torgues, un haut passglas dont l'original datait du XVIe pour son épouse, ainsi qu'un verre Viking qu'il destinait à Odile. Alix s'était laissé offrir un bijou en bronze qui la tentait.

En sortant, alors qu'ils avaient parcouru quelques centaines de mètres en voiture, elle avait soudain remarqué un panneau indicateur signalant, à l'aide d'un plan semblant un dessin de Picasso, la direction du circuit de course Ahvenisto. Paul s'était étonné qu'elle connût l'existence d'un tel circuit, que le grand public généralement ignore. Pour s'être intéressé, jadis, au sport automobile, il savait néanmoins que c'était l'une des pistes les plus difficiles du monde. En Formule 1, Keke Rosberg puis Mika Häkkinen avaient détenu successivement le record du tour, avant d'être détrônés par Fredrik Ros. À la fin des années 1960, une course de Formule 2 y avait été remportée par Jochen Rindt sur Brabham, tandis que Jack Brabham lui-même, sur une voiture plus évoluée, devait se contenter de la seconde place, devant la Lotus 48 de Jim Clark. En Formule 3 – mais tout cela était loin – une bataille avait fait rage entre pilotes finlandais et suédois, dont il ne se souvenait plus de l'issue, seulement que parmi les participants figurait encore, à l'époque, Ronnie Peterson, qui devait se tuer, plus tard, à Monza.

Ce circuit avait aussi été intégré, parfois, à des rallyes – qui comprennent souvent des épreuves sur piste. Et Paul avait pensé, soudain, qu'ils étaient dans le pays d'Ari Vatanen, dont il n'avait pas remarqué, jusqu'alors, combien le père d'Alix lui ressemblait : mêmes cheveux fins, même visage au front altier, même type de lunettes à monture métallique, même menton carré également, et il y avait aussi ces rides profondes de part et d'autre de sa bouche, qui lui donnaient un air volontaire, presque implacable. Paul s'était demandé à quelle époque Alix avait pu fréquenter les circuits et les rallyes et si elle n'avait pas eu quelque aventure avec l'homme responsable de son accident – peut-être un pilote ou un ancien champion. Il était prêt à le parier.

40

N'ayant pu tirer au clair cette affaire pour le moment, il avait décidé de ne pas contrarier Alix dans ses désirs. C'est ainsi qu'au lieu de continuer à faire du tourisme, ils avaient pris café et chocolat au bord du lac, dans les salons de l'*Original Sokos Hotel Vaakuna*, dont le bar de bois sombre, en forme de L, les avait séduits. Tout en buvant son *kahvi* finlandais toujours un peu acide, Paul était en train de penser à la suite du voyage – pousser jusqu'à Tampere – encore une heure de route – puis rentrer par Turku, quand Alix lui avait mis une nouvelle page de son carnet dans les mains, sur laquelle elle avait écrit :

« Si nous prenions une chambre ici pour y faire l'amour tranquillement ? J'en ai très envie. »

Paul avait été surpris. Ils avaient fait l'amour le matin même et elle ne devait pas être en manque. Il lui avait pris le papier des mains. Comme à son habitude, elle avait souligné deux fois le mot important. Et qu'elle ne se fût pas sentie « tranquille » ou à l'abri, au-delà de la première nuit – même dans sa cabine du *Floréal* –, lui avait serré le cœur.

Mais il était vrai que l'hôtel où ils se trouvaient maintenant – un quatre étoiles luxueux magnifiquement situé – donnait envie d'y rester. Les chambres devaient y être d'un confort à toute épreuve et la vue panoramique sur le lac particulièrement reposante.

Paul avait évidemment pensé à ce qu'ils ne verraient pas : l'ancienne église médiévale de Messukylä à Tampere, les architectures néo-classiques ou néo-renaissantes de certains manoirs et châteaux de cette ville, le nationalisme romantique de la maison du Commerce ou de la cathédrale, et bien d'autres choses encore…

Il avait beau s'intéresser à l'architecture, il s'était dit pourtant que tout cela était sans importance comparé, non tant au plaisir de sentir une nouvelle fois le corps d'Alix contre le sien, qu'au bonheur de lui procurer quelques instants d'affection, de paix et de liberté.

Mais, du coup, il fallait aussi renoncer à Turku, car il n'imaginait pas qu'ils pussent faire l'amour tranquillement « à la sauvette ». De sorte que s'éloignaient également d'autres châteaux, d'autres églises, et notamment cette chapelle œcuménique de Turku à la curieuse voûte néo-gothique qui laissait l'autel seul éclairé par la lumière solaire quand la nef, demeurée dans la pénombre, semblait y déboucher comme au paradis. Paul l'avait vue une fois, dans un reportage sur la Finlande : on disait qu'elle procurait toujours au visiteur un effet saisissant. Malgré toutes ces richesses qui s'éloignaient de lui, il n'avait pas hésité longtemps.

Là encore, si intrigant – et même imposant – que fût cet édifice, il ne faisait pas le poids en face de la frêle Alix et de son touchant désir.

Pendant qu'il réglait les détails au « desk » et obtenait sans problème une chambre avec vue sur le lac – il n'y avait pas grand monde à l'hôtel, du fait de l'épidémie –, il avait vu qu'Alix écrivait des messages sur son portable. Ce devait être à ses parents.

« Je leur ai dit où nous sommes, lui avait-elle expliqué en lui tendant l'appareil. Si d'aventure nous rentrions en retard, je ne voudrais pas que maman s'inquiète, comme la dernière fois. »

Elle avait dû sans doute aussi leur en dire un peu plus, et notamment leur parler de leurs visites qui l'avaient enthousiasmée, car, quelques heures plus tard, alors qu'ils avaient interrompu leurs câlins pour descendre prendre un lunch dans la salle de restaurant, Paul avait eu la surprise de voir apparaître M. de Torgues. Entré en éclaireur, il se renseignait visiblement auprès d'une hôtesse pour connaître le numéro de leur chambre. Il avait été bientôt suivi par son épouse ainsi qu'Odile, qui leur avaient dit trouver le site absolument charmant, charmant – quelle bonne idée, s'étaient-elles réjouies, de nous l'avoir indiqué si gentiment ! –, de sorte qu'ils avaient dû rapprocher des tables, et tout le monde s'était à nouveau réuni autour d'un menu finlandais typique : viande de renne sous toutes ses formes, accompagnée de mûres, de myrtilles ou d'airelles, *bread cheese*, angélique (sorte de marquise aux herbes lapones), tartines de riz et soupe de saumon. Ils avaient eu l'embarras du choix et s'étaient promis de déguster tout cela à la vitesse de l'escargot. Impossible de se débarrasser d'eux désormais.

« Et comment êtes-vous arrivés jusqu'ici ? avait demandé Paul un peu perplexe.

– Oh, Thibault a tout simplement commandé un taxi, lui avait révélé Odile avec candeur. D'ailleurs nous l'avons gardé et il nous attendra. »

Effectivement, M. de Torgues avait expliqué que la Saab qui les avait amenés était garée devant l'hôtel, mais que son chauffeur avait préféré se restaurer dans un snack-bar.

« Il a déclaré connaître l'endroit, avait renchéri Odile, et nous ne l'avons pas dissuadé d'y aller. Il avait une mine à coucher dehors et il m'a semblé qu'il sentait un peu le vin. Il y sera davantage à sa place qu'ici. »

Mme de Torgues avait gloussé d'un air un peu dégoûté – « voilà ce que vous nous avez forcés à faire ! » avait-elle commenté de sa voix lasse – tandis que Thibault de Torgues, parfait maître de cérémonie, commandait des plats pour tout le monde.

« Il vaudrait mieux, avait-il déclaré, que nous rentrions assez tôt, je me suis laissé dire qu'une tempête arrivait.

– En plein été ? s'était étonné Paul.

– Oui, enfin, disons que la situation météorologique va se gâter, lui avait-il expliqué d'un ton docte en regardant par la fenêtre. Il pleuvra à coup sûr avant ce soir. »

Décidément, il ne lâchait pas sa progéniture d'une semelle, et le pire était qu'Alix semblait y être habituée. Elle avait pris leur arrivée avec philosophie et ne paraissait pas en être autrement indignée. D'ici à croire qu'elle l'avait souhaitée, il y avait un pas que Paul se refusait, pour l'instant, à franchir.

À l'issue du repas, il avait offert, pour finir, leurs cadeaux aux Torgues, qui l'avaient remercié distraitement.

41

Ils avaient regagné le *Floréal* dans le courant de la journée – apparemment, la tempête se faisait attendre et un semblant de soleil avait plutôt percé derrière les nuages. Paul avait dû suivre le taxi qui emportait les parents d'Alix – « Laissez-le passer devant, il connaît la route, ce sera plus simple pour vous », lui avait intimé M. de Torgues. Mais il avait aussi suggéré qu'Odile montât avec eux. Elle trouvait la suspension de la Saab un peu dure. Puis, comme ça, n'est-ce pas, ils étaient trois dans chaque voiture. C'était une bonne répartition.

Tout au long du trajet, Odile n'avait cessé de bavarder à tort et à travers, racontant des anecdotes sans intérêt concernant son gendre et ses petits-enfants, et meublant le silence entretenu par le mutisme d'Alix, forcément impuissante à l'interrompre. Paul ne pouvait s'empêcher de penser qu'il s'agissait surtout d'éviter que sa nièce n'en écrivît trop sur elle-même et sur sa famille, ou que, malgré sa discrétion accidentelle, elle ne finisse par lâcher quelque information dont il valait mieux qu'il n'eût pas à connaître.

Ils atteignirent le port d'Helsinki en fin d'après-midi et eurent largement le temps de se reposer et de se préparer pour les réjouissances de la veillée.

C'était leur dernière soirée sur le *Floréal* avant l'arrivée en Suède. Le bateau devait appareiller pour Stockholm dans la nuit, et un dernier gala avait été organisé, encore plus formel et plus habillé que les bals auxquels ils avaient déjà participé. Ce soir-là, Paul s'apprêtait une nouvelle fois à enfiler son vieux smoking – il n'avait jamais songé à le remplacer et encore moins jugé utile d'en posséder plusieurs – et il se préparait, tant bien que mal, dans sa cabine, quand il avait entendu frapper à la porte.

Une femme de chambre, qui devait être attachée au pont six et qu'il avait déjà dû croiser dans le couloir des suites, lui avait tendu un paquet mal ficelé, d'où émergeait une veste et un pantalon... « que le monsieur de la suite 620, lui avait-elle expliqué, souhaite que vous essayiez, au cas où ils seraient à votre taille ».

C'est une de ses anciennes tenues, lui avait-elle confié. Il la portait quand il était plus jeune. « Mais comme il a un peu grossi depuis, il ne peut plus la mettre. »

Elle répétait sans doute ce qu'on lui avait conseillé de dire.

Le smoking avait l'air neuf. Paul était absolument médusé et protestait en lui-même – c'était trop d'honneur, vraiment ! – contre cette apparente générosité destinée à l'enchaîner et qui frisait, qui plus est, l'humiliation. Pour le père d'Alix, sans doute, il devait être indigne de s'habiller deux soirs de suite avec le même costume. Il n'avait pas manqué de le lui faire savoir et de souligner ainsi, par la même occasion, sa totale incurie en la matière.

Paul était furieux et avait caressé, un instant, l'idée de descendre en jean, afin de signifier à M. de Torgues qu'on ne l'achetait pas. Mais, au bout de quelque temps, il s'était calmé et avait réfléchi. Comment ce dernier avait-il appris qu'il ne possédait qu'un seul smoking ? Après tout, c'était peut-être Alix qui, l'ayant remarqué, le lui avait révélé ? Auquel cas c'était à elle qu'il devait un tel présent et ne pouvait donc le refuser. Dans le doute, il avait décidé d'enfiler ce smoking.

Il était d'un blanc immaculé et son tissu, en satin de soie, était d'une texture sans commune mesure avec le sien. Il avait pensé qu'il avait dû coûter des milliers d'euros et avait cherché une chemise qui fût à peu près à la hauteur, quand, soudain, il s'était inquiété de savoir quel nœud papillon il allait bien pouvoir mettre en accompagnement. Il n'en possédait que deux qui se trouvaient plutôt destinés à être portés avec un smoking noir. En passant le pantalon, il avait alors senti un léger renflement dans la poche droite dont il avait extrait, l'instant d'après, un nœud papillon de couleur crème en parfaite harmonie avec l'ensemble. M. de Torgues, décidément, pensait à tout.

Comme Paul possédait des chaussures claires encore à peu près mettables, il avait pu s'habiller de pied en cap. Une fois prêt, il était sorti fumer une cigarette sur le balcon pour se détendre et, évitant de peu une déjection de mouette qui s'écrasa sur la balustrade à quelques centimètres de sa veste, il avait battu en retraite avec le sentiment d'être un pur pantin dont quelqu'un d'autre – un manipulateur de premier plan, en vérité – agitait les manches ou tirait les ficelles.

Il était descendu dans cet état d'esprit au pont deux où la fête commençait de battre son plein et où la famille de Torgues au grand complet était déjà installée à une très bonne table – à laquelle, bien évidemment, à peine arrivé, on l'avait prié de s'asseoir. Il avait aussitôt remarqué la robe d'Alix – longue, rouge, magnifique – avec un décolleté vertigineux qui laissait entrevoir la naissance de ses seins et faisait l'admiration des convives. Elle portait aussi les escarpins qu'il lui avait achetés, ce qu'elle lui fit vérifier en soulevant sa robe. Et lorsqu'ils s'étaient élancés tous deux sur la piste, il avait eu le plaisir de constater qu'ils étaient l'objet des commentaires les plus élogieux. M. de Torgues lui-même, pensif dans son fauteuil, semblait boire du petit-lait.

Paul s'était confondu en remerciements dès son arrivée, et l'avait assuré, hypocritement, de toute sa gratitude pour le prêt du smoking.

« Oh, avait négligemment déclaré M. de Torgues, de toute façon je ne rentre plus dedans. On forcit toujours un peu en vieillissant, vous verrez. Cela dit, je ne pensais pas qu'il vous irait si bien. On dirait moi à votre âge. Mais ne me parlez plus de prêt ! Vous le garderez, et puis c'est tout. »

Un flot de protestations avait submergé Paul, dont il avait laissé affleurer certaines. Mais Thibault de Torgues l'avait endigué d'un revers de main.

« Faites plutôt danser Alix, lui avait-il dit. Votre présence lui est très précieuse. »

Paul ignorait le jeu exact qu'il était en train de jouer, mais sentait qu'il n'était pas clair. Torgues avait l'air de désirer, tout autant que de redouter, l'idylle qu'il voyait se développer entre sa fille et lui. Paul n'arrivait pas à savoir comment il prenait réellement la chose, tant il semblait partagé entre l'envie qu'elle fût heureuse et le désespoir de la perdre. Il ne savait plus non plus s'il avait ou non des raisons de soupçonner chez lui quelque comportement pervers, qu'il aurait dissimulé sous ses belles manières.

42

Le gala terminé, Alix et lui avaient à nouveau passé la nuit ensemble – dans la suite de cette dernière, cette fois-ci. Peut-être à cause de la présence de Paul, elle avait semblé moins inquiète que la veille. Aussi s'était-elle laissé convaincre de remonter chez elle. Ils n'avaient pas été dérangés. Dans la nuit, Paul avait senti le navire appareiller et, comme il ne s'était pas encore endormi, ayant repensé sans cesse aux événements du jour, avait décidé d'aller prendre le frais sur le balcon.

La suite d'Alix jouxtait celle d'Odile, qui côtoyait à son tour celle de ses parents. Il avait ouvert sans bruit la porte-fenêtre et s'était avancé, rêveur, face à la mer. Il avait pensé à l'issue probable de leur histoire. Bientôt, ils arriveraient en Suède, la croisière se terminerait, et il y avait de fortes chances que toute cette aventure, malgré les avenirs possibles qu'ils avaient entrevus, s'achevât en queue de poisson. Chacun retournerait à ses bases : Odile à Paris, les Torgues à Poitiers et lui à Lyon. Ils se quitteraient probablement à l'aéroport. Paul ne savait même pas s'ils auraient le temps de faire un tour dans Stockholm, la plus grande ville de Scandinavie. Sans doute allaient-ils s'écrire, Alix et lui – « on n'ouvre plus son courrier et encore moins son portable ! » se disait-il – mais ils ne se reverraient pas de sitôt. Et même s'il apprenait, dans l'intervalle, la langue des signes – il en ressentait évidemment de plus en plus la nécessité –, tant qu'ils seraient loin l'un de l'autre, cela ne pourrait guère lui servir. « Peut-être un peu sur Skype, Messenger ou quelque autre réseau social de sa connaissance auquel elle sera connectée », avait-il pensé, à moitié convaincu.

Bref, plus ils se rapprochaient du terme de la croisière et plus Paul voyait poindre une dure réalité à laquelle il lui faudrait bientôt se confronter. Et comme un homme qui a été victime d'un mirage, et qui, pour la première fois, découvre du sable à la place de l'oasis escompté, il ressentait une déception d'autant plus grande qu'il avait plus espéré.

Il s'était dit, en même temps, pour se consoler, qu'il ne renonçait peut-être pas, finalement, à grand-chose. La vie, avec une personne comme Alix, ne serait sans doute pas rose tous les jours, surtout si, en plus, sa famille continuait de se montrer si envahissante. Il y avait aussi trop de points obscurs dans cette histoire, trop d'opacité qu'il lui eût fallu dissiper pour que, à la manière des Nordiques, il pût enfin rendre la situation parfaitement transparente et avoir d'elle une perception vraiment limpide.

Il en était là de ses réflexions lorsqu'il surprit tout à coup, sur le balcon voisin, un bruit de voix. Il lui sembla que M. et Mme de Torgues, qui avaient rejoint Odile, s'entretenaient avec elle. C'était, apparemment, une sorte de « conseil de famille ».

« Quel dommage ! disait Odile. Quel dommage qu'il lui plaise à ce point ! Je vous avais bien dit de vous méfier ! »

Mme de Torgues avait paru approuver sa sœur. Elle poussait des soupirs qui alternaient avec d'irrépressibles bâillements, et proférait des mots inaudibles d'une voix mourante.

« Si, au moins… si, au moins… il était riche… alors on pourrait passer sur le fait qu'il n'est plus tout jeune… Mais là…

– Vous lui donnez quel âge ? avait demandé Odile à Thibault de Torgues qui, bizarrement, ne cessait de toussoter.

– Ma foi, je ne sais pas. Quarante-cinq ou quarante-six, quelque chose comme ça.

– Ça doit pouvoir se calculer, ça, réfléchissait Odile. Quand il a connu Émilie, il n'avait guère qu'une vingtaine d'années, peut-être un peu moins, parce qu'il était en avance. Mais il achevait ses études au moment où…

– Bien sûr, ma chère, rétorquait Mme de Torgues, mais, justement : compte ! Ça doit bien faire vingt-deux ou vingt-trois ans, tout ça.

– Oui, donc, disons quarante-cinq, enchaînait M. de Torgues entre deux petites quintes. Après tout, ce n'est pas tant que ça… Puis, vu les problèmes d'Alix, nous ne pouvons pas non plus nous permettre d'être trop…

– Vous allez prendre froid, Thibault ! coupa Odile, nous devrions rentrer, avec ce vent humide…

– Non, non, l'air du large l'améliore, assurait Mme de Torgues.

– Bien sûr, il n'y a pas que son âge, avait repris M. de Torgues. Ni même la question d'argent… Si jamais il apprend… Vous ne lui avez rien dit, au moins, Odile ? l'avait-il soudain interrogée un peu brusquement.

– Le moins possible, Thibault, le moins possible. Cela étant, il a bien fallu que je lui parle de l'accident. Mais j'ai déclaré que la voiture était volée et que le conducteur avait brûlé avec.

– Bien, bien. Espérons qu'il n'ira pas… »

Le reste de la conversation lui avait échappé car, après une nouvelle quinte de toux de M. de Torgues, cette fois-ci inquiétante, ils avaient précipitamment battu en retraite dans la suite.

43

Le lendemain matin, au petit déjeuner, les côtes de Suède étaient en vue et le bateau approchait de Stockholm, terminus du voyage. Paul n'avait pas beaucoup dormi et devait avoir une tête d'enterrement, car Alix lui avait déjà fait passer plusieurs mots pour s'assurer que tout allait bien, et Odile, lorsqu'elle l'avait vu, s'était enquise de savoir s'il n'était pas malade.

« Je vous demande ça, lui avait-elle dit, parce que mon beau-frère est alité. Ma sœur le veille. Il tousse et a du mal à respirer. On a demandé au médecin du bord de venir le voir. Il semble que plusieurs passagers présentent aussi les mêmes symptômes. Nous sommes tous terriblement inquiets. »

« Il peut crever, avait pensé Paul. Ils peuvent tous crever. »

Évidemment, Alix excipait de cette malédiction qui, dans son esprit, ne devait frapper que ses proches.

Celle-ci, d'ailleurs, semblait se porter comme un charme. Elle avait dormi d'un sommeil profond, une bonne huitaine d'heures, et paraissait en pleine forme. Elle était venue très tendrement le câliner, sans tenir compte du regard d'Odile, plutôt désagréable ce matin-là, et qui susurrait d'une voix agacée : « Il ne va pas s'envoler, personne ne va te le prendre, ce n'est pas la peine de marquer ainsi ton territoire ! »

« Que comptez-vous faire aujourd'hui ? avait demandé Paul à celle-ci d'une voix blanche. Sachant que nous ne devons rejoindre l'aéroport que demain, avait-il poursuivi, nous nous demandions, Alix et moi, si nous ne pourrions pas faire un tour dans Stockholm. Même rapide », avait-il ajouté pour éviter de paraître l'accaparer pour la journée.

Alix, à ce moment-là, était allée chercher des croissants et ne pouvait entendre ce qu'ils disaient.

« Oui, oui, lui avait répondu Odile, pourquoi pas ? Après tout, mieux vaut la distraire. Elle n'a que trop tendance à se faire du souci. Si d'aventure l'état de son père devait empirer, elle pourrait faire une crise si elle restait sur le bateau. »

Ce n'était pas la première fois que Paul entendait parler des « crises » d'Alix. Il voulut tenter d'en savoir plus.

« Qu'est-ce que c'est que ces crises ? s'était-il étonné.

– Oh, vous savez bien, il lui arrive parfois d'être un peu nerveuse. Vous avez d'ailleurs vu ce que ça donnait la dernière fois.

– Une crise, c'est un peu plus grave qu'une simple manifestation d'anxiété, avait-il commenté. On sait d'où elles viennent ? »

Odile s'était mordu les lèvres. Paul s'était demandé s'il ne s'agissait pas de crises d'épilepsie ou de quelque chose de ce genre, ce qui eût motivé, peut-être, l'attention que lui portait toute la famille et les précautions dont on l'entourait. Se souvenant du dialogue de la veille et sachant qu'ils lui cachaient encore quelque chose, il était presque résolu à poser ouvertement la question, d'autant qu'Alix s'attardait près de la réserve d'orangeade où il y avait la queue. Mais, soudain, Mme de Torgues avait déboulé au grill dans un tel état d'affolement qu'ils comprirent tous deux qu'un drame était en train de se jouer.

« Le médecin vient de voir Thibault, avait-elle déclaré. Il est très inquiet. Il a exigé tout de suite qu'on fasse, comme il a dit, un "*polymerase chain reaction test*" – un test PCR, quoi. Il craint que ce ne soit le...

– Le... coronavirus ? avait prononcé Odile devenue blême.

– Oui. Par la même occasion, il a imposé que toutes les personnes ayant été récemment en contact avec lui y soient également soumises. Vous aussi, déclara-t-elle durement à Paul. J'ai dû donner votre nom et votre numéro de cabine. »

Elles regardaient toutes deux Alix, qui revenait vers elles, en se demandant comment elles allaient bien pouvoir lui apprendre la nouvelle lorsqu'un haut-parleur avait prononcé leurs noms en les priant de rejoindre au plus vite l'infirmerie du bord, au pont numéro trois.

Alix avait paru étonnée, se demandant si elle avait bien entendu, mais sa mère lui avait confirmé l'information.

« C'est papa, lui dit-elle. On craint qu'il n'ait été contaminé. »

Mme de Torgues avait alors regardé Paul d'un air méprisant, en lui jetant à la figure tout ce qu'elle avait sur le cœur depuis des jours sans oser l'exprimer.

« Oh, vous ! Si vous ne vous étiez pas approché de nous et si, en plus, vous ne nous aviez pas obligés à prendre ce taxi avec ce... cet horrible individu... »

Paul s'était levé froidement et avait décidé d'aller tout de suite faire ce test.

44

Il s'était avéré que Paul était négatif. Ce n'était donc pas lui qui avait contaminé M. de Torgues, lequel, cependant, était bel et bien positif. Quelques heures plus tard, ils avaient appris que le taxi n'était pas en cause non plus. L'hôtesse d'accueil du pont trois avait facilement retrouvé la compagnie à laquelle elle l'avait commandé, on avait contacté le chauffeur qui s'était mis immédiatement aux ordres du corps médical. Il en résultait qu'il était en parfaite santé.

En revanche, le virus, semblait-il, avait choisi de frapper le *Floréal* et, pour une fois, les passagers les plus riches. Le pont six semblait en effet plus concerné que les autres, car beaucoup de ceux qui y occupaient des suites, sans forcément d'ailleurs présenter de symptômes, étaient positifs au test. La famille de Torgues ne faisait pas exception, Alix comprise.

« C'est sûrement une des femmes de chambre qui nous a transmis cette saloperie ! » déclarait maintenant Mme de Torgues à qui voulait l'entendre.

Personne n'avait présenté d'excuses à Paul pour l'avoir injustement soupçonné, les deux sœurs étant surtout préoccupées par l'état de M. de Torgues qui allait en empirant. Alix, qui ne portait pas de masque puisque, dans son esprit, « le mal était fait », se tenait désormais à son chevet et semblait lui apporter plus de réconfort que son épouse qui, d'ailleurs, tout comme Odile, restait plutôt à distance.

Paul avait mis un KN95 et en avait proposé un, à tout hasard, à Alix. Puisqu'il était lui-même négatif, il pensait que son test à elle pouvait n'être qu'un faux positif et craignait aussi, dans le cas contraire, qu'elle ne se surinfecte, si d'aventure son père avait été atteint d'une forme grave.

« Cela peut dégénérer même chez les jeunes gens », lui avait-il dit.

Le *Floréal* avait maintenant mis en panne au large de Stockholm et, vu la situation, il lui était défendu d'y débarquer ses passagers. Non seulement la visite de la ville leur était désormais formellement interdite, mais ils allaient de toute évidence être dans l'impossibilité de se rendre à l'aéroport et de prendre leur avion de retour.

Paul avait pensé que, des quatorze îles et des nombreux ponts de cette capitale, ils ne verraient absolument rien. Des vents frais en provenance de la Baltique et qui, au vu de la météo souvent changeante dans cette ville, obligent à se couvrir d'épais lainages, ils ne sentiraient pas la caresse un peu rude. Ils n'iraient pas, Alix et lui, se détendre à Stortorget, à la terrasse d'un café d'où ils auraient pu admirer le cœur du vieux Stockholm, ses bâtiments du XVIIe siècle aux teintes pastel un peu terreuses, et ses places entièrement pavées presque millénaires. Ils pouvaient dire adieu aux visites prévues. Tout cela n'était plus de saison. Pas plus que les *smörgås* ou *räksmörgås*, ces sandwiches fabuleux mêlant fromage, viande, poisson (ou crevettes), légumes et cornichons qu'ils auraient pu dévorer à midi dans un café du port…

Excursions, promenades, simples échanges avec les habitants, tout était proscrit. Quant à la soirée d'adieu, qui devait se terminer par une fête au *Trädgården*, la discothèque en plein air située sous la voie rapide, elle n'aurait évidemment pas lieu.

« Ce sera déjà bien beau, s'était dit Paul, si nous ne nous retrouvons pas, les jours qui viennent, à l'hôpital, dans un état de zombie, sinon de cadavre. »

L'état de M. de Torgues, qui avait d'abord empiré, parut se stabiliser dans la journée, après qu'on l'eut mis sous oxygène. Odile et sa femme ne présentaient, quant à elles, aucun symptôme particulier. En revanche, le visage d'Alix avait paru à Paul, soudain, plus rose qu'à l'ordinaire. On aurait dit que ses joues étaient en feu. Elle avait pris sa température qui, effectivement, avoisinait les trente-neuf degrés et, une fois couchée, s'était soudain trouvée dans une telle détresse respiratoire qu'une véritable panique s'en était suivie – une de ces « crises » qu'avait mentionnées Odile mais dont elle n'avait pas voulu lui parler. Celle-ci allait s'avérer catastrophique. Sa santé s'étant altérée à toute allure, il fallut l'évacuer par hélicoptère, ainsi que quelques autres patients qui semblaient dans le même cas. Paul lui avait tenu la main jusqu'au dernier moment, et ce n'est que contraint et forcé qu'il l'avait lâchée et était resté sur le bateau.

« Je me souviendrai toujours du dernier regard que nous avons échangé, me confia-t-il. Nous n'avions pu nous embrasser bien sûr et, nous souhaitant bonne chance avec les yeux, nous avions dû nous dire au revoir avec le coude. Mais, au dernier moment, elle m'avait tendu un bout de papier où elle avait eu la force d'écrire quelques mots d'un triste humour : "Peut-être prenons-nous ici notre éternel congé, mon chéri ? Si c'est le cas, alors adieu, adieu pour toujours ! Si nous nous revoyons, nous sourirons de tout cela. Sinon, mieux vaut quand même ce mauvais adieu." Sur le moment, m'avait-il avoué, j'étais trop ému et n'avais rien trouvé à lui répondre qui l'eût consolée. »

Quand ils eurent des nouvelles d'Alix, ce fut pour apprendre qu'elle avait été mise en coma artificiel et intubée. Et, trois jours plus tard, l'hôpital leur communiquait par un message laconique que, malgré tous les efforts des soignants, sa situation se détériorait à vue d'œil. Elle devait mourir peu après.

Quand M. de Torgues, qui s'était remis avec lenteur, avait été finalement informé de la mort d'Alix – qu'on lui avait tue pendant près d'une semaine –, il avait poussé un tel hurlement que le commandant du *Floréal* s'était déplacé en personne jusqu'à sa suite pour voir ce qu'il en était et s'il fallait le faire évacuer. Mais, à part lui présenter verbalement ses condoléances attristées, auxquelles il s'était efforcé tout de même de mettre un peu de chaleur, il n'avait pas pu faire grand-chose pour lui, même pas lui serrer la main.

45

Ils étaient restés confinés sur le *Floréal* une petite quinzaine de jours, au cours de laquelle ils avaient assisté à différentes navettes d'hélicoptères qui avaient embarqué les passagers les plus mal en point. Ce fut, pour certains d'entre eux, leur dernier voyage. D'aucuns qui, à Copenhague, étaient montés en parfaite santé sur ce bateau, sous l'œil bienveillant d'une petite sirène aussi muette qu'Alix pouvait l'être, étaient descendus les pieds devant à Stockholm sans aucun espoir de retrouver leurs aîtres. Et chaque fois qu'on emportait un malade, un mort, un silence se faisait, sur le bateau, qui le faisait immédiatement penser à Alix.

Paul avait le sentiment d'être à nouveau à la lisière de la forêt dont il avait voulu s'échapper. Il pensait, avec Wiesel, qu'il y avait dans la séparation le même mystère que dans la rencontre. Dans les deux cas une porte s'ouvrait, la seconde, sur l'avenir, la première, sur le passé. Et le silence qui, désormais, l'enveloppait comme une houppelande était le seuil de cette « porte de la forêt » où tout se sépare et où tout se rencontre. Celle-ci, par là même, le reconduisait d'où il venait.

Le soir, assis au bord du crépuscule, les pieds ballants au-dessus des flots, il restait parfois de longues heures durant près du bastingage, seul face à cette nuit nordique, grise comme un amour mort. Les Torgues avaient beau l'avoir traité avec condescendance, et même accusé de les avoir contaminés, dès qu'il avait su que l'épidémie les avait atteints, il leur avait abandonné une bonne partie de sa réserve de masques, ne gardant pour lui que le strict nécessaire. Il avait survécu aux assauts de l'épidémie – tout comme, grâce à lui, Odile et les parents d'Alix. Mais la survie n'est pas la vie. Qu'allait-il faire maintenant ?

Il s'était longuement interrogé sur ce qui se serait passé si Alix n'avait pas succombé au virus. L'aimait-il suffisamment pour pouvoir vivre le reste de son existence avec elle ? Ou avait-il eu pour elle, mise à part l'émotion qu'avait suscitée en lui sa vision extatique sur le pont du *Floréal*, uniquement de la pitié ? Ayant lu et commenté naguère l'œuvre de l'écrivain autrichien Stefan Zweig, Paul savait la pitié dangereuse : « Il y a deux sortes de pitié, avait distingué Zweig dans l'ouvrage éponyme. L'une molle et sentimentale, qui n'est en réalité que l'impatience du cœur de se débarrasser au plus vite de la pénible émotion qui vous étreint devant la souffrance d'autrui, cette pitié n'est pas du tout la compassion, mais un mouvement instinctif de défense de l'âme contre la souffrance étrangère. Et l'autre, la seule qui compte, la pitié non sentimentale mais créatrice, qui sait ce qu'elle veut et est décidée à persévérer avec patience et tolérance jusqu'à l'extrême limite de ses forces, et même au-delà. » Aurait-il pu éprouver au moins, à l'égard d'Alix, cette seconde forme de pitié qui aurait fait de tous les jours de leur vie une véritable création ? Aurait-il eu la persévérance, la patience, la tolérance nécessaires pour s'occuper d'elle « jusqu'à l'extrême limite de ses forces et au-delà » ? Faute d'avoir tous les éléments du dossier en main, il s'était trouvé incapable de répondre à cette question – mais elle le hantait.

Un jour qu'il était sur le pont et avait senti Odile ébranlée par la perte de sa nièce comme par la terrible situation qu'ils étaient en train de vivre, il avait décidé de se rapprocher d'elle et de l'interroger à nouveau. Elle lui avait semblé, derrière son masque, un peu plus accessible qu'à l'ordinaire ; et il était, lui aussi, pour la même raison, dans une sorte de demi-anonymat propice au questionnement. Aussi bien s'était-il risqué à la sonder sur les problèmes d'Alix et les rapports plutôt ambigus qu'elle entretenait avec son père. Ce n'était pas curiosité malsaine. Simplement, il aurait aimé en savoir plus sur ce qu'avait été sa vie.

Odile n'avait pas paru décidée à parler. Elle avait d'abord tenu des propos lénifiants sur les relations, toujours compliquées, d'un père et d'une fille, tentant de minimiser, dans le cas présent, ce qu'ils avaient pu avoir d'excessif ou de totalement hors norme.

« Vous savez comment sont les pères avec leurs filles, lui avait-elle dit. Ils ne se résolvent jamais à les voir partir. » Il ne s'était pas laissé faire.

« À quoi pensiez-vous, au tout début, lorsque vous m'aviez conseillé de rester à distance de cette famille, me prévenant que je ne savais pas où je mettais les pieds ?

– Mais j'ai déjà eu l'occasion de vous répondre, mon cher. À l'accident, au mutisme d'Alix, et bien entendu aussi à cela... À ces relations plutôt... difficiles entre père et fille.

– Difficiles ? Il m'a surtout semblé que votre beau-frère qui, pendant cette croisière, a cherché à deux reprises à la joindre en pleine nuit et nous a même poursuivis – vous le savez bien – jusqu'à Hämeenlinna, ne la lâchait pas beaucoup...

– Oh, je comprends que cela vous ait choqué mais, la nuit, il a des insomnies et, sous ses airs calmes, c'est un grand inquiet. Il a toujours peur qu'il lui arrive quelque chose. »

Paul avait tenté d'être un peu plus incisif.

« Vous croyez qu'il aurait pu avoir avec elle, autrefois, des relations ou des gestes, disons... déplacés ? »

Elle l'avait regardé d'un air effaré et avait protesté avec un tel renfort d'arguments que sa réponse, sur le moment, lui avait paru suspecte.

« Vous n'y pensez pas ! Qu'est-ce qui a bien pu vous mettre dans la tête des horreurs pareilles ? Je connais Thibault depuis des années, il est absolument incapable de faire du mal à une mouche. D'ailleurs, s'il s'était passé quoi que ce soit de... d'inconvenant, ma sœur me l'aurait dit. Nous n'avons pas le même père, mais c'est ma sœur quand même. Non, décidément, quelle idée saugrenue...

– Vous ne voyez donc aucun lien entre les problèmes d'Alix avec son père, son mutisme et ses crises d'épilepsie ? avait repris Paul.

– Épilepsie est un bien grand mot pour des manifestations d'énervement passager. Il lui est arrivé d'être un peu tremblante, d'avoir aussi, dans certains cas, des gestes involontaires, mais, à ma connaissance, elle n'a jamais présenté, par exemple, de symptômes d'hyper-salivation. Quant à son mutisme, je vous l'ai dit, c'est arrivé avec l'accident. »

Paul avait essayé de s'informer sur cet accident et en avait cherché un compte-rendu sur internet sans le trouver. Il ne connaissait pas sa date exacte, ce qui compliquait sa recherche. Par ailleurs, en faire l'origine du mutisme d'Alix lui semblait maintenant douteux. Il s'était renseigné. Les mutismes intervenus à la suite de chocs sont généralement sélectifs et ils frappent surtout les enfants : un divorce, un déménagement, un changement brusque dans leur univers familier comme, par exemple, le fait d'être mis à l'école ou de se voir confiés de longues heures à une nourrice inconnue, entraînent parfois, dans certaines circonstances et avec certaines personnes, une sorte de repli sur soi qui peut aller jusqu'à une paralysie de la parole. Cela ne lui paraissait pas du tout correspondre à la pathologie d'Alix qui semblait avoir de réelles difficultés – des difficultés presque viscérales – à parler. Mais il n'était pas médecin, il pouvait se tromper.

46

Juste avant que les passagers du *Floréal* fussent autorisés à débarquer et à rejoindre leurs pays respectifs, Paul avait rencontré, lors d'une dernière visite à laquelle tout le monde avait dû se soumettre, le médecin du bord, lequel lui avait paru être un homme sage et mesuré. Bien qu'il eût fort peu de temps à lui consacrer – il y avait encore une cinquantaine de passagers à qui il devait faire passer des tests avant de mettre fin à leur isolement –, Paul s'était risqué à lui parler du cas d'Alix. En fait, le médecin la connaissait.

« Je l'ai eue en consultation, lui avait-il dit, parce qu'au début, elle avait le mal de mer, et je lui ai prescrit un médicament approprié. Mais, comme elle ne parlait pas du tout, je me suis évidemment interrogé sur son cas. Je pense qu'elle devait être atteinte d'une forme grave de mutisme sélectif qu'on appelle, dans notre jargon, "mutisme progressif". Une fois installé, le trouble s'étend jusqu'à ce que l'individu atteint, quelle que soit la situation, ne parle plus à personne, même à des proches comme les membres de sa famille.

– Ainsi vous pensez que ce n'était pas physiologique, avait vérifié Paul.

– Je n'ai pas eu connaissance de son dossier, évidemment, mais je ne crois pas, avait répondu le médecin. Elle comprenait ce qu'on lui disait, répondait par écrit à bon escient, écrivait un français parfait. Si elle avait été atteinte d'une aphasie quelconque, cela se serait vu à des oublis lexicaux ou à des erreurs syntaxiques. L'aphasique a du mal, voyez-vous, soit à sélectionner, soit à combiner. Ce n'était pas son cas.

– À quoi pouvait être dû un tel mutisme, alors, d'après vous ? » avait repris Paul.

Le médecin s'était mis à rire devant son insistance : Paul tentait de lui soutirer des informations confidentielles, doublées d'une expertise *post mortem*, concernant quelqu'un qui, en plus, n'était pas de sa famille. Paul lui avait présenté des excuses. Cette jeune fille lui avait été proche. Il connaissait sa famille et son cas le préoccupait. Le médecin avait compris, et accepté de lui dire encore quelques mots.

« Si le cerveau n'a rien et si l'appareil phonatoire est en parfait état, ça ne peut être qu'un problème psychologique, cher monsieur. Cette jeune fille souffrait sans doute, voyez-vous, de ce que Villiers de L'Isle-Adam, dans un de ses *Contes cruels*, appelle une "surdité mentale". Elle n'était pas physiquement sourde et son mutisme était visiblement une protection. Mais il devait y avoir quelque chose ou quelqu'un – une voix intérieure, peut-être – qu'elle ne voulait pas entendre, ou à quoi elle ne voulait pas répondre. »

Là-dessus, il s'était levé.

« Il faut, malheureusement, que je vous laisse. Comme vous savez, j'ai fort à faire en ce moment. Si vous voulez un conseil, oubliez-la. De toute façon, elle était trop compliquée. Et il y a beaucoup d'autres femmes de par le monde, vous savez. Un peu plus de la moitié de l'humanité, à vrai dire, même si certains peuples ont l'air de l'ignorer.

Paul dut se retirer. Son interlocuteur cultivé était sous pression, et avait le sentiment d'en avoir déjà trop dit. Mais de toutes les informations qu'il lui avait communiquées, Paul avait retenu essentiellement deux expressions : choc psychologique, mutisme progressif. Elles lui avaient paru contradictoires : un choc est un événement bref, discret, instantané, en apparence totalement opposé à un phénomène lent, continu et qui s'installe dans la durée. Il est vrai que l'un avait pu déclencher l'autre.

En retrouvant Odile et sa sœur au repas de midi, il avait tenté d'en apprendre un peu plus sur la façon dont Alix était devenue muette. Odile avait eu une réaction agacée.

« Je vous l'ai déjà dit cent fois. Elle n'a plus reparlé après son accident. Pourquoi nous torturer ainsi ?

– Tout à coup, comme ça, du jour au lendemain ? » s'était-il étonné.

Il avait vu que Mme de Torgues avait froncé les sourcils et, assez mal à l'aise, avait semblé vouloir nuancer les propos de sa sœur. Aussi, quitte à paraître impoli, avait-il un peu insisté :

« N'avait-elle pas déjà donné, auparavant, des signes de ce genre ? Au cours de son enfance ou de son adolescence, par exemple ? »

Mme de Torgues lui avait alors raconté qu'Alix avait souffert, durant ces périodes, d'une grande timidité qui se manifestait, non seulement à l'égard des étrangers, mais même auprès de certains membres de la famille, notamment son père.

« Tu te souviens, avait-elle dit à sa sœur. Elle se cachait sous la table dès qu'il arrivait et il n'était pas rare qu'elle restât sans parler pendant toute une journée...

– À quelle époque cela se passait-il ? avait demandé Paul.

– Oh, les retraits sous la table, c'était quand elle était toute petite, disons entre quatre et huit ans peut-être. Mais, vers quinze, seize ans, ou déjà un peu avant, elle s'isolait dans sa chambre et c'est à cette époque-là, surtout, qu'elle demeurait parfois silencieuse durant de longues périodes. Il lui arrivait de ne pas ouvrir la bouche pendant une bonne semaine. On l'appelait "notre petite muette", et Thibault, dans ces cas-là, redoublait d'attentions à son égard. Il aimait profondément Alix, vous savez. Je ne sais d'ailleurs pas s'il va se remettre du drame qui nous frappe. Moi non plus, du reste. »

Paul avait senti ce jour-là qu'il n'en apprendrait pas plus.

47

Il était rentré en France et avait repris son travail à l'université, dans ce monde du bruit qui a recouvert celui du silence. Le coronavirus avait persisté un certain temps, perturbant la vie de tout le monde, mais les vaccins étaient peu à peu arrivés et, malgré les variants, la menace avait fini par s'atténuer. Paul avait souvent repensé à cette croisière durant laquelle il avait éprouvé – tel un pèlerin découvrant, au bout de cette nef obscure de la chapelle de Turku, la transparente lumière du soleil finlandais – ce moment de grâce qu'avait été sa rencontre avec Alix. Puis les portes du ciel s'étaient refermées. Et les châteaux en Espagne qu'avait pu bâtir M. de Torgues – y compris le rêve de cet avenir où sa fille sauverait son nom – étaient partis en fumée. Il n'en restait plus aujourd'hui que des cendres – celles du corps de cette jeune femme qu'il avait fait incinérer pour qu'on pût le rapatrier plus facilement – sans doute aussi pour qu'il lui fût possible de la garder définitivement auprès de lui.

En janvier de l'année suivante, alors que Paul cherchait, sur internet, à retenir un gîte dans une station de sports d'hiver – il fallait bien continuer à vivre et, comme disait son père en usant d'une expression douteuse, à « mener sa barque » –, il était tombé, un jour, sur un encart du *Dauphiné libéré*, qui rapportait un accident survenu plusieurs années auparavant :

> Un très grave accident s'est produit ce matin à l'aube au niveau du virage 21, dans la descente de l'Alpe-d'Huez. Une Porsche 911 Carrera 4S blanche, conduite par l'ancien champion de rallye Thibaut de Torgues, et transportant une passagère, Mlle Alix de Torgues, sa fille, a percuté la falaise après avoir fait plusieurs tonneaux. La voiture s'est alors embrasée. Selon un correspondant du *Dauphiné libéré* qui se trouve actuellement sur place, la passagère, bien que profondément choquée, a pu sortir de l'automobile totalement

indemne. Le conducteur, lui, n'a pu s'extraire tout de suite du véhicule et a été grièvement brûlé. Il a été conduit en hélicoptère au CHU de Grenoble-La Tronche avant d'être, aux dernières nouvelles, transféré à l'hôpital Saint-Joseph-Saint-Luc de Lyon. Son pronostic vital est engagé.

L'article se poursuivait en disant que les pompiers, arrivés trop lentement, avaient maintenant cessé d'arroser la voiture et que la police allait s'efforcer d'évacuer au plus vite la carcasse de celle-ci pour l'examiner. Le journaliste s'interrogeait ensuite sur les causes – assez mystérieuses à vrai dire – de cet accident : bien qu'une erreur de conduite fût toujours possible, la compétence du conducteur et sa maîtrise du véhicule – dont il avait maintes fois conduit des équivalents en rallye – semblaient devoir exclure une faute de pilotage. Quant à l'hypothèse d'une défaillance mécanique, elle paraissait improbable sur une voiture pratiquement neuve, sortie des usines de Stuttgart deux mois plus tôt. Restait évidemment les impondérables : traversée d'un animal, présence d'un autre véhicule au milieu de la chaussée, malaise ou endormissement du conducteur, geste malencontreux de la passagère, etc. Un fait avait frappé le journaliste. Il avait fallu réchauffer Mlle de Torgues de toute urgence car – du fait de l'arrivée tardive des secours – sa température n'avait cessé de chuter depuis le choc. En d'autres termes, elle claquait des dents quand on l'avait recueillie, ayant dû attendre le Samu de longues minutes, « dans une tenue plus indiquée pour une boîte de nuit que pour une station de haute montagne ».

Paul avait cherché si les numéros suivants faisaient encore état du sinistre et si une enquête avait été diligentée qui eût apporté des informations supplémentaires, mais il n'en avait pas trouvé. La seule chose qu'il savait, c'était que M. de Torgues était finalement sorti de cet accident sans séquelles visibles – en tout cas sur le visage et sur les mains. En revanche, Alix, qui avait dû commencer de le voir brûler vif, peut-être de l'entendre hurler s'il était encore conscient à ce moment-là, puis finalement se trouver dans l'impossibilité de l'extraire de son siège si jamais elle avait tenté un tel geste – mais l'avait-elle tenté ? –, avait dû être profondément traumatisée par l'événement. Si elle n'avait rien fait, la culpabilité devait la ronger. De là à s'interdire définitivement de parler, il n'y avait qu'un pas.

Que s'était-il passé dans la Porsche, nul ne pouvait le savoir, pas même Alix apparemment, qui affirmait ne se souvenir de rien. Il restait qu'Odile avait menti : le conducteur de cette voiture n'était pas un inconnu. C'était Thibault de Torgues. Et l'on pouvait évidemment s'interroger sur les raisons de ce curieux mensonge. Pourquoi avoir tu un fait aussi important ? Paul avait commencé à se demander ce que le père d'Alix était venu faire à l'Alpe-d'Huez. La tenue légère de sa fille semblait indiquer qu'elle n'était pas là, elle-même, pour faire du ski, en tout cas qu'elle ne venait pas de descendre une piste quand elle était montée dans sa voiture. Visiblement, elle sortait plutôt d'une soirée dansante qui avait dû se prolonger loin dans la nuit. Et elle était sans bagage, tout comme M. de Torgues. Cela ressemblait à un rapt.

À qui l'avait-il soustraite ? À quel rival ? Alix avait-elle cherché à s'échapper, ce qui avait amené son père à lâcher le volant, pour la retenir ? Avait-elle voulu définitivement mettre un terme à ses visites nocturnes – à ses avances répétées, peut-être à ses violences – en s'emparant du volant ou en suscitant l'accident ? Était-ce un suicide déguisé ? Odile ne lui avait-elle pas laissé entendre qu'elle avait déjà fait, jadis, au moins une tentative ? Il pouvait spéculer à sa guise, mais le mystère restait total.

Au moment des fêtes de fin d'année, il avait tout de même adressé ses vœux à la famille de Torgues. Odile lui avait répondu en leur nom à tous. Il se rappelait sa carte où, les formules rituelles expédiées, elle lui écrivait de façon un peu plus libre. Elle terminait par les mots suivants : « Là où Alix se trouve maintenant, elle ne sera plus importunée par personne. Cela vaut mieux pour elle, mais sans doute aussi pour vous. »

48

Paul ne s'était pas contenté de ces solaciantes formules. Il était allé à la bibliothèque, et avait demandé tous les exemplaires du *Dauphiné* parus l'année qui avait suivi l'accident

Dans un numéro publié plusieurs mois après le drame, il avait lu, au bas d'une page, un entrefilet signalant la découverte d'os calcinés et d'un ADN inconnu dans l'épave de la Porsche. Tout avait brûlé ou presque, mais on avait retrouvé, un peu tordu, l'embout d'un fume-cigarette encore imprégné de salive et qui, doué d'une certaine résistance à la chaleur, avait apparemment échappé aux flammes.

À qui appartenait cet ADN ? Fallait-il supposer qu'une tierce personne se trouvait dans la voiture au moment de l'accident ? Avait-elle brûlé vive, sans laisser aucune trace à part celle-là ? Était-ce alors cette personne qui conduisait, comme l'avait prétendu Odile ? Ne fallait-il pas plutôt supposer que M. de Torgues, par désespoir ou par dépit, avait délibérément jeté la Porsche contre la paroi de la montagne, au risque de tuer aussi sa fille avec lui ?

Paul, probablement, ne saurait jamais le fin mot de l'histoire. La seule personne qui eût pu la lui révéler n'était plus. Eût-elle survécu qu'elle n'eût peut-être rien pu lui apprendre, puisque, d'après Odile, elle avait tout oublié des circonstances de l'accident qui lui avait pourtant laissé ces séquelles si tragiques, ce mutisme traumatique qui s'était emparé d'elle, sans doute en résonance avec des faits bouleversants eux-mêmes plus anciens.

Sachant que M. de Torgues était connu comme pilote, Paul avait réuni chez lui de vieilles revues automobiles datant de l'époque où il courait, ainsi que ce que l'on appelle aujourd'hui des magazines « people » : *Célébrité*, *Closer*, *Cosmopolitan*, *Entrevue*, *Grazia*, *Paris Match*, *Point de vue*… Il nota un jour que *France Dimanche* s'inquiétait de la disparition d'un pilote d'une écurie concurrente de celle de M. de Torgues, information relayée dans *Public*.

Le père d'Alix l'avait raconté à Paul pendant sa convalescence, il avait fréquenté nombre de pilotes de Formule 1 fauchés en pleine jeunesse sur des circuits meurtriers : François Cevert à Watkins Glen, Gilles Villeneuve à Louvain, Piers Courage à Zandvoort... Il avait été l'ami de Jo Schlesser, qu'il avait retrouvé à Rouen, après son exil malgache, et vu se consumer deux jours plus tard à Grand-Couronne, sur le circuit de Rouen-les-Essarts. Il avait également connu Roland Ratzenberger, accidenté à Imola, et dont le décès, le 30 avril 1994 à Bologne, avait été éclipsé par la mort d'Ayrton Senna, le lendemain 1er mai. Et tant d'autres peuplaient ses souvenirs, dont il gardait pieusement les photos, comme le faisaient aussi Guy Ligier ou Frank Williams... Mais les pilotes ne disparaissent pas : ils meurent au grand jour, devant des foules immenses. Là, l'un d'entre eux manquait à l'appel, un certain Gilles Vincent, inconnu prometteur qui, d'après les journaux, commençait juste sa carrière en Formule 3 Europe, mais s'était déjà taillé une réputation de « pilote dangereux » à Monza et à Spa-Francorchamps. Stefano Domenicali, président de la F1, s'en était ému et Emerson Fittipaldi, vieux patriarche des circuits, avait demandé à l'ensemble des pilotes de se respecter davantage.

Et soudain, Paul était tombé sur une photo qui l'avait intrigué. Il s'agissait visiblement d'une fête, à l'issue d'un Grand Prix, où figuraient, coupes de champagne en main, plusieurs pilotes dans leurs combinaisons multicolores, couvertes de publicités et d'écussons à la gloire de leurs sponsors. Mais dans le coin gauche de la photo, en arrière-plan, à côté d'un jeune homme un peu taciturne sous sa casquette rouge, on reconnaissait sans peine le visage émouvant d'Alix de Torgues. La légende indiquait : « Au *Crystal Bar* de l'*Hôtel Hermitage Monte-Carlo*, qui cultive l'élégance et la discrétion, les pilotes se détendent en profitant de la vue *by night* sur le port Hercule et les yachts qui y mouillent, dans une ambiance chic et décontractée. » Qu'était devenu le compagnon d'Alix, qui après avoir gagné, puis perdu, plusieurs pole positions lors d'essais en F3, sirotait là un cocktail bleu cobalt devant une carte de *finger food* et des assortiments à partager ? Selon Paul, il était à craindre qu'il fût parti en fumée sur la route de l'Alpe-d'Huez, et cela, avec la complicité de M. de Torgues, dont on découvrait, à l'autre bout de la photo, le regard désapprobateur. Vincent était un enfant de la balle, sans fortune et sans famille. Une « tête brûlée » avant la lettre. Personne n'avait dû réclamer son corps.

49

Paul se satisfit quelque temps de ces nouvelles informations ou hypothèses. Mais il eut rapidement le sentiment qu'il allait faire fausse route à tenter de les concilier avec les explications déjà connues : quelque chose « ne collait pas », ni dans la version d'Odile, ni dans celle, à peine plus plausible, du journal.

Qui conduisait réellement la Porsche ?

On supposait qu'elle était partie en dérapage incontrôlé, mais M. de Torgues était un pilote bien trop aguerri pour avoir fait une telle erreur de conduite, et il aimait beaucoup trop Alix pour vouloir la tuer uniquement parce qu'elle fréquentait un champion de Formule 3, celui-ci eût-il une réputation discutable et qui l'eût inquiété.

Mais on pouvait en dire presque autant, après tout, de Gilles Vincent, même s'il était plus jeune. C'était un excellent pilote, et s'il était parfois un peu trop agressif sur les circuits, cela ne préjugeait en rien de son comportement sur la route, au volant d'une voiture de sport et aux côtés de sa « fiancée ». Il n'avait du reste subi ou provoqué aucun sinistre jusque-là.

Par ailleurs, dans un grave accident de circulation, celui qui tient le volant est souvent celui qui survit et, parfois même, en sort indemne. Il peut s'agripper à cette gouverne si la voiture se renverse et limiter ainsi l'importance des blessures et des chocs sur la boîte crânienne. Il bénéficie au surplus, dans les modèles récents, de la protection d'un airbag efficace, d'autant plus performant qu'il le plaque davantage au fond du siège.

Et soudain, Paul comprit : M. de Torgues avait laissé accroire qu'il était aux commandes de la Porsche pour éviter à Alix d'être impliquée dans ce drame. En réalité, il y avait fort à parier que c'était elle qui conduisait le véhicule avec, à ses côtés – à la « place du mort », comme on dit –, Gilles Vincent. M. de Torgues, peut-être fatigué de son voyage, se trouvait sans doute à l'arrière, et il avait été sérieusement brûlé car il avait eu, à l'évidence, beaucoup de mal à sortir du véhicule.

La raison du mutisme d'Alix était très certainement un sentiment de culpabilité. Elle ne s'était jamais remise de cet accident dont, consciemment ou non, elle devait s'estimer responsable.

Mais, s'il en était ainsi, les constructions précédentes de Paul perdaient beaucoup de leur plausibilité. Il pouvait même pratiquement abandonner les soupçons qu'il nourrissait à l'égard du père d'Alix. Torgues était d'un naturel inquiet, certes, et il se préoccupait sans doute un peu trop de sa fille, sa fille unique : c'était indiscutable. Mais il n'était pas forcément le monstre qu'on pouvait s'imaginer. Après avoir quitté l'Alpe-d'Huez, visiblement, Alix rentrait de son plein gré, aux côtés d'un homme – ami ou amant – connu de la famille. Elle n'avait pas été kidnappée par un père abusif.

Les élucubrations de Paul avaient été le produit de son imagination, sans doute aussi contaminée par l'ambiance : le mutisme d'Alix, les mystères d'Odile, les messes basses des Torgues sur le balcon de leur suite avaient contribué à nourrir ses soupçons. En outre, avec leur goût du sexe et du scandale, les médias avaient tendance à voir des victimes partout. « Elle aussi », s'était dit Paul, cédant à ces sirènes. Pourtant, la majorité des hommes et de leurs ascendants, pour ne pas dire la quasi-totalité d'entre eux – heureusement, d'ailleurs – était loin d'être des prédateurs sexuels ou des assassins. À bien y réfléchir, il n'y avait pas beaucoup de chances que Torgues fût de ceux-là.

En revanche, Alix avait été à l'origine d'un accident mortel. Fallait-il incriminer la malchance ou autre chose ? Un état d'ébriété, la prise de stupéfiants ou quelque conduite suicidaire ? L'énigme restait entière.

50

Deux mois plus tard, Paul avait enfin réussi à trouver les fonds nécessaires pour organiser un colloque d'histoire des sciences à Lyon. Il avait beaucoup « galéré » pour cela – l'université française est un navire qui prend l'eau de toutes parts –, mais enfin, il y était parvenu. Les colloques sont un peu comme des croisières. Le temps de quelques jours, on oublie la quotidienneté, on vogue vers d'autres horizons en compagnie de personnes que, parfois, on ne reverra jamais plus. Il avait invité, entre autres, pour la circonstance, sa collègue de Saint-Pétersbourg, qui avait débarqué à Satolas un peu perdue et qu'il avait dû conduire en ville jusqu'à sa résidence. Les trois jours de la rencontre s'étaient bien passés – Paul avait su éviter les moments trop houleux, les grains et les tempêtes – mais son attention avait été souvent distraite au cours des débats – son esprit, mélancolique depuis le voyage en Finlande, s'évadant dans des régions sans rapport avec les thèmes des conférenciers.

Depuis la mort d'Alix, il repensait sans arrêt à leurs adieux. Il avait pieusement conservé le mot qu'elle lui avait écrit. À la réflexion, ce message sonnait comme une citation. Paul avait fini par en trouver l'origine dans un vieux film de Valerio Zurlini sorti en 1972, et qui, dans sa version italienne, avait pour titre *La Prima Notte di quiete* (la première nuit de tranquillité). D'après le cinéaste lui-même, ce titre aurait été tiré d'un vers de Goethe plutôt macabre puisque la nuit en question était une métaphore de la mort. Et il se rappelait aussi qu'Alix avait prononcé ces mêmes mots après avoir passé une première nuit dans sa cabine, sa première nuit sans angoisse, peut-être. Mais ce n'était pas la mort qu'elle avait alors en vue – plutôt une nouvelle vie.

La version française du film, intitulée *Le Professeur*, avait été écourtée de quarante-cinq minutes pour des raisons commerciales, mais

Paul avait pu se procurer la version italienne. Il s'était repassé plusieurs fois la scène où un certain Dominici (« le professeur », joué par Alain Delon) et le personnage de Giorgio Mosca, surnommé « Spider » (joué par Giancarlo Giannini) en viennent à se quitter. Paul s'était pénétré des paroles de Giorgio :

« *Allora, prendiamo i nostro eterno commiato ?*
Addio, e per semper addio, Cassio.
Se ci rincontreremo, avremo sorriso sulla.
Altrimenti, meglio questo male ottimo congedo. »

Ce qu'on pourrait traduire par :

« Alors, nous nous faisons nos adieux éternels ?
Au revoir, et au revoir pour toujours, Cassius.
Si nous nous revoyons, nous sourirons.
Sinon, mieux vaut cet excellent mauvais congé. »

Il s'était longtemps demandé comment Alix avait pu avoir connaissance de ce passage, supprimé dans la version française. Puis il s'était souvenu qu'elle avait fait des études de langues, probablement anglais-italien – Odile lui avait dit qu'elle parlait couramment l'italien dès le lycée. C'est pourquoi, pressentant qu'il s'agissait d'un vers de Shakespeare, Paul s'était reporté à la version italienne de *Jules César*.

Il avait vérifié : on retrouvait, dans *Giulio Cesare*, presque les mêmes mots que dans le film. Zurlini, dans son scénario, avait seulement ajouté « *male ottimo* ».

Alix connaissait sans doute le passage de Shakespeare, mais elle avait certainement vu le film de Zurlini. C'était sûr. Et comme si Paul était italien, elle l'avait immédiatement identifié au « *professore* ». À la différence de ce personnage, toutefois, lui n'avait pas tout de suite reconnu la citation et n'avait pas eu la présence d'esprit de lui répondre ce qu'il fallait.

Il s'en voulait à mort de ne pas avoir trouvé les mots qui lui auraient signifié définitivement son amour et son admiration. Il se rappelait maintenant qu'au début du film, alors qu'Alain Delon marche solitaire le long d'une interminable jetée, un bateau accoste, dont le propriétaire, désorienté, ne sait pas où il se trouve. « Rimini », répond Delon alias Dominici. Puis, comme son interlocuteur – un Anglais assez rustre – n'a pas l'air bien plus éclairé, il ajoute, dans la langue de Shakespeare : « *To the north. Between Ancona and Venice.* » « Le nord, se disait Paul, est une notion tout à fait relative. » Sa « fille du nord », visiblement, aimait le sud – et les films italiens, ou franco-italiens. Ce n'était pas pour lui déplaire. « Quel dommage ! Quel gâchis ! Quel mauvais coup du sort ! » Il remâchait sans cesse de sombres pensées. Lui non plus ne savait pas, maintenant, où il avait accosté.

Pour tenter d'échapper à son marasme, combler le vide laissé par Alix et s'empêcher de penser à elle, il avait aussi longtemps cherché le présumé poème de Goethe qui aurait inspiré, selon Zurlini, le titre de son film. Il en espérait une consolation. Mais il ne l'avait pas trouvé. Il finit par découvrir que « *La morte è la prima notte tranquilla* » était une phrase figurant dans la version italienne d'*Histoire de l'éternité*, de Borges, et attribuée, selon ce dernier, à Wilhelm Klemm. Pourtant, la lecture en allemand des trois recueils de Klemm, à laquelle Paul s'astreignit comme s'il avait dû expier quelque faute impardonnable, ne lui permit pas non plus d'être éclairé. Zurlini n'avait sans doute lu ni Goethe, ni Klemm. En revanche, il avait dû se souvenir – quoique imparfaitement – de Borges, et avait ajouté une erreur à sa référence au poète saxon, visiblement inventée, comme souvent.

Paul était comme rejeté en pleine mer, sans boussole et sans amers, condamné à dériver éternellement sur l'eau comme le vaisseau fantôme et son « Hollandais volant » décrits par Heine. Et tout le ramenait sans cesse à Alix, y compris cette légende dont ils avaient parlé un jour au cours de leurs pérégrinations, en évoquant Ava Gardner et le film *Pandora*, qui l'avaient mise en images.

51

Le colloque était maintenant terminé et Paul était fatigué. Ces derniers jours, il avait même commencé à s'inquiéter sérieusement de son état de santé, car il croyait reconnaître Alix un peu partout. Il lui semblait même avoir aperçu son sosie parfait dans l'assistance. À l'issue des ultimes débats, il avait dîné une dernière fois avec sa collègue russe, l'avait raccompagnée à son hôtel et était rentré chez lui assez tôt. Il ne devait pas être plus de vingt-deux heures, mais il se sentait vraiment exténué et s'apprêtait à se mettre au lit sans plus tarder.

Il n'était pas arrivé depuis cinq minutes que le téléphone s'était mis à sonner. Il recevait d'ordinaire peu d'appels en soirée et se demandait bien qui cherchait à le joindre à une heure aussi tardive. Il avait décroché le combiné et entendu :

« Allô, c'est toi ? »

C'était une voix de femme étonnamment jeune et qu'il ne parvenait pas à identifier. Il avait pensé à une blague d'étudiant et avait failli raccrocher.

« Qui est à l'appareil ?

– Quelqu'un dont tu n'as jamais pu entendre la voix jusqu'ici. » Il était resté silencieux, tentant de réprimer le fol espoir qui, soudain, s'était emparé de lui. Et tandis qu'il pensait être en train de rêver, tellement certain qu'on ne recevait pas d'appels de l'au-delà, il avait entendu cette voix parfaitement distincte lui certifier que c'était bien d'elle qu'il s'agissait.

« C'est Alix, lui avait-elle dit. Alix de Torgues.

– Mais, avait-il bredouillé, comment est-ce possible ?

– Je t'expliquerai. Tu es seul, là ?

– Oui, bien sûr.

– Ta collègue russe n'est pas en train de se cacher sous le lit ou de se rhabiller dans la salle de bains ?

– Tu plaisantes ! Où es-tu ?

– En bas de chez toi. Je peux monter ?

– Oui. »

Il avait eu peine à le croire, mais c'était bien Alix, en chair et en os, avec des cheveux plus longs et le visage un peu amaigri. Il l'avait fait asseoir sur le canapé, en face de lui, et lui avait servi un verre de Koskenkorva, cette liqueur finlandaise qu'ils avaient appréciée à Helsinki. Cela lui faisait tout drôle de l'entendre parler. Elle avait une voix douce et chaude, assez grave, qui lui rappelait celle de l'actrice américaine Lauren Bacall, quand elle était jeune.

Elle lui avait expliqué qu'à l'hôpital universitaire Karolinska, au nord de Stockholm, où elle avait été transportée en hélicoptère à partir du *Floréal*, c'était la panique. Contrairement à une idée reçue, le système de santé suédois était loin d'être exemplaire. Le pays – à cette époque-là, en tout cas – manquait cruellement de lits d'hôpitaux. Il avait même, en la matière, le taux d'équipement le plus faible d'Europe, ce qui expliquait aussi que le gouvernement eût préféré, au départ, choisir la voie de l'immunité collective, plutôt que celle du confinement, afin de lutter plus efficacement contre le virus.

Mais les conséquences de ce choix avaient été désastreuses. En cas d'afflux soudain de patients, les services se trouvaient tout de suite débordés. Alix, une fois débarquée de l'hélicoptère, avait été mise sous oxygène dans une salle où de nombreux autres malades attendaient, dont une jeune fille – française également – dans un état beaucoup plus inquiétant que le sien, et qui s'était très vite dégradé. Comme dans les hôpitaux français, chaque patient possédait là-bas un dossier numéroté, et aussi un bracelet d'identification portant ce même numéro. Mais, avec l'afflux des malades, le personnel médical avait soudain manqué de bracelets. Dans l'affolement général, on avait confondu les Françaises, toutes deux intubées, ce qui avait totalement échappé aux intéressées, car elles n'étaient ni l'une ni l'autre en état de parler.

52

Quand Alix était sortie du coma artificiel où elle avait été placée, elle ne s'était pas tout de suite rendu compte de cette méprise, et l'absence de nouvelles de sa famille lui avait fait envisager le pire. Du fait de son mutisme, de longues journées avaient encore été nécessaires pour que l'administration reconnût enfin son erreur. Et lorsque celle-ci avait cherché à joindre les proches d'Alix – dont le téléphone portable avait été égaré –, le *Floréal* était reparti depuis longtemps. Alix avait alors été rapatriée en France par les services de l'ambassade, mais elle n'avait pas voulu, à ce moment-là, reprendre immédiatement contact avec ses parents et sa tante. Même si cela avait été une décision difficile à prendre, elle s'était dit qu'elle allait au contraire mettre à profit cette situation pour faire le point.

« J'ai senti qu'il fallait qu'au moins momentanément, je coupe les ponts, lui avait-elle dit. Sinon, je ne sortirais jamais de mes problèmes. Tu vois, il a fallu que je meure pour pouvoir renaître. »

Comme elle disposait d'un peu d'argent placé sur un compte personnel, elle avait pu s'installer dans un petit appartement et entamer, avec l'aide d'un analyste connaissant la langue des signes, une psychothérapie dont Paul découvrait, aujourd'hui, les premiers résultats : elle n'était plus muette. Sa faculté de parler s'était libérée d'un coup, en même temps que lui revenait peu à peu en mémoire les anxiétés de son enfance, l'attitude un peu trop inquiète de son père, et surtout l'épisode de l'accident. Peut-être les événements de l'été – leur rencontre, l'agression du virus, le coma artificiel où elle avait été placée – avaient-ils, eux aussi, contribué à débloquer la situation ? Toujours est-il qu'elle était là, souriante, détendue, calme, et qu'elle lui racontait ces événements dramatiques et l'épreuve qu'elle avait traversée d'une manière étrangement sereine. Un pli, cependant – le même que celui de son père, s'était dit Paul –, était apparu sur son front vers la fin de son récit.

« Il ne faut pas m'en vouloir si je ne t'ai pas prévenu plus tôt, lui avait-elle déclaré. Quand j'ai senti que j'allais mieux et que je pourrais peut-être, à terme, sortir de mon mutisme, je n'ai plus voulu paraître devant toi avant d'avoir entièrement recouvré l'usage de la parole. Psychologiquement, le travail n'est pas fini, mais cela va quand même beaucoup mieux... »

Paul pensa, avec regret, qu'il aurait pu l'aider et la soutenir durant toute cette période, y compris financièrement. Mais il comprit aussi qu'elle avait eu besoin de se retrouver seule avec elle-même, avant d'entamer une nouvelle vie. Aussi se garda-t-il de lui faire le moindre reproche.

« L'essentiel est que tu sois là bien vivante et en pleine santé », l'avait-il rassurée.

Elle l'avait regardé avec reconnaissance, puis son regard s'était posé sur le bureau de Paul et les nombreux journaux et revues qui l'encombraient.

« Eh bien voilà, avait-elle finalement lâché. Je suppose que tu le sais, si tu as enquêté... Mais il faut que je te le dise en face : il y a quelques années, j'ai été à l'origine d'un accident de voiture qui a coûté la vie à un homme. Mon père a failli mourir, lui aussi, à cette occasion. Il a été gravement brûlé.

« Cela se passait sur la route de l'Alpe-d'Huez. Nous étions, mon ami Gilles Vincent et moi, venus passer un week-end dans cette station. Mais, à peine arrivés à l'hôtel, nous nous sommes fait voler nos bagages, qui contenaient aussi notre argent et nos papiers. J'ai aussitôt demandé de l'aide à mon père et il est venu nous chercher. C'était un long voyage depuis la côte atlantique et il est arrivé fatigué. Il souhaitait repartir tout de suite car il avait une réunion le lendemain à Poitiers. Mais il ne voulait pas que Gilles conduisît, à cause de la mauvaise réputation qu'il avait sur les circuits de Formule 3. Il faisait encore nuit – j'ai pris le volant.

« Quand l'accident est arrivé, mon père somnolait, à l'arrière de la voiture. Autant que je me souvienne, Gilles, qui se trouvait à mes côtés, m'a montré quelque chose dans le ciel, quelque chose de brillant, qu'on distinguait mal. "Un ovni ?", a-t-il suggéré en riant. Il a alors baissé sa vitre et détaché sa ceinture pour se pencher à l'extérieur et mieux l'apercevoir. J'ai dû tourner la tête, moi aussi, dans cette direction – un peu trop longtemps. Nous étions dans la descente de l'Alpe-d'Huez, je roulais vite. La voiture a fait une embardée et j'en ai perdu le contrôle. J'ai voulu redresser avant le virage, mais la Porsche est partie en tête-à-queue, puis en tonneaux. Après, je ne me souviens plus de rien.

« Pour ne pas compromettre mon avenir, mon père a déclaré que c'était lui qui conduisait. La mort de Gilles est passée inaperçue. Mais, évidemment, c'était moi la responsable et, inconsciemment, je l'ai toujours su. Cela me bouleversait tellement que j'en ai perdu la parole, et même le goût de vivre. Là-dessus il y a eu la croisière en Finlande, tu es entré dans ma vie, mais c'était difficile de te raconter tout cela dans cet exil de la parole où je me trouvais... J'espère que tu n'as pas imaginé des choses plus horribles encore... »

Elle avait laissé passer un silence, puis avait ajouté, d'une voix émue :

« Je comprendrais parfaitement, étant donné que tu m'as crue morte, que tu aies aujourd'hui tourné la page... D'ailleurs, peut-être as-tu trouvé quelqu'un d'autre...

– Mais non ! avait répondu Paul. D'ailleurs c'est plutôt toi qui pourrais maintenant songer à séduire quelque beau jeune homme digne de toi. Pour ma part je n'ai cessé de penser à notre rencontre. J'ai même cru te voir plusieurs fois, ces derniers jours, mais je n'ai pas imaginé un seul instant que c'était vraiment toi... J'ai plutôt pensé que je devenais fou... »

Les joues d'Alix avaient repris quelque couleur et elle avait continué, avec un peu plus d'assurance :

« Malgré ce que tu as appris et ce que je viens de te révéler, est-ce que... est-ce que tu veux toujours de moi ?

– Quelle question !

– Alors il va falloir me prendre comme je suis... avec cette tache indélébile.

– Oh je ne suis pas blanc comme neige, assura Paul. Ma mère est décédée à ma naissance. On pourrait dire aussi que je suis responsable de sa mort, si tu vas par là. »

Ils avaient souri ensemble, un peu tristement, et Alix avait repris :

« Je te l'avais bien dit : "si nous nous revoyons un jour, nous sourirons..."

– *Sei una donna di buona lettura*, avait répondu Paul à son étonnement. Et non seulement tu as de bonnes lectures, mais tu connais de bons films... »

Et elle avait soudain compris combien elle comptait pour lui.

Qu'Alix eût perdu en mystère et ne pût plus être mise sur un piédestal était sans conséquence pour Paul. Ce qui lui importait avant tout était d'avoir retrouvé sa « *girl from the north country fair* ». Et, si noir qu'ait été le contexte de leur rencontre, ils avaient le reste de la vie pour l'oublier. Comme dans cette partie de la Finlande située au-delà du cercle arctique et où il fait toujours clair six mois par an, brillait maintenant de tous ses feux au-dessus de leurs têtes un véritable soleil de minuit.

Il l'avait prise dans ses bras. Ils se trouvaient encore en France, mais un nouveau voyage commençait : au fond, c'était comme s'ils repartaient en croisière. Et alors que cette mer qui s'appelle la vie à nouveau les unissait, et qu'Alix allait être pour longtemps son seul horizon, il avait embrassé sans retenue son visage à la peau claire, sachant qu'en plus de ce rouge discret qu'elle mettait toujours avec parcimonie, il y aurait désormais des mots sur ses fines, fines lèvres de sphinx.

DU MÊME AUTEUR
CHEZ LE MÊME ÉDITEUR :

Avant de rejoindre le grand soleil, 2015
Manège, 2017
Chasseurs dans la neige, 2019

COMPOSITION ET MISE EN PAGES
NORD COMPO À VILLENEUVE-D'ASCQ

CET OUVRAGE A ÉTÉ ACHEVÉ D'IMPRIMER
SUR ROTO-PAGE
PAR L'IMPRIMERIE FLOCH À MAYENNE
EN DÉCEMBRE 2024

N° d'impression : 106150
Dépôt légal : janvier 2025
Imprimé en France